Regain　Jean Giono

再 生 草

〔法〕让·吉奥诺 著　　罗国林 译

人民文学出版社
PEOPLE'S LITERATURE PUBLISHING HOUSE

著作权合同登记号　图字 01-2018-5407

Jean Giono
Regain

Copyright © Editions Grasset & Fasquelle, 1930
Simplified Chinese translation copyright © 2018
by Shanghai 99 Culture Consulting Co., Ltd.
All rights reserved.

图书在版编目(CIP)数据

再生草 /(法)让·吉奥诺著;罗国林译.
—北京:人民文学出版社,2018
　(中经典精选)
　ISBN 978-7-02-014491-4

　Ⅰ.①再… Ⅱ.①让… ②罗… Ⅲ.①中篇小说-法
国-现代 Ⅳ.①I565.45

　中国版本图书馆 CIP 数据核字(2018)第 189883 号

总 策 划　黄育海
责任编辑　卜艳冰　欧雪勤
封面设计　汪佳诗

出版发行　人民文学出版社
社　　址　北京市朝内大街 166 号
邮政编码　100705
网　　址　http://www.rw-cn.com

印　　制　上海盛通时代印刷有限公司
经　　销　全国新华书店等

开　　本　890 毫米×1240 毫米　1/32
印　　张　5.75
字　　数　98 千字
版　　次　2019 年 6 月北京第 1 版
印　　次　2019 年 6 月第 1 次印刷

书　　号　978-7-02-014491-4
定　　价　39.00 元

如有印装质量问题,请与本社图书销售中心调换。电话:010-65233595

Novella

上　集

一

驶往巴隆的载客马车经过瓦舍尔时，总是中午十二点。

有些日子做弥撒耽搁了一些时间，车子从马诺斯克出发得晚一些，但到达瓦舍尔，还是中午十二点。

就像时钟一样准确。

每天总是这个时候到达那儿，实在叫人腻味。

有一次，米什①赶着车，在维勒斯特-布鲁斯岔道口故意停下来，与双猴咖啡店的老板娘法内特·夏巴苏摆了一会儿"龙门阵"，然后再慢悠悠赶着车往前走。还是白搭：他想看看这回怎么样，结果呢，唉！

一拐过"救济所"②，就望见了那座蓝色的钟楼，宛如一朵花耸峙在林子上；再往前走一小会儿，就听见钟楼上面传出午祷的钟声，好似山羊脖子上的铃铛声。

"咳！还是十二点。"米歇尔叹息一声，然后探身冲着车厢里叫道：

---

① 即下文米歇尔的爱称。
② 原文"救济所"一词带引号，估计该地原来有个救济所，后人沿用地名。

"你们里边听见了吗？还是十二点，真没辙儿。"

有什么法子呢？大家于是从座位底下把篮子拖出来，开始吃午饭。

有人敲着窗玻璃叫道：

"米歇尔，你要这可口的小香肠吗？"

"要这鸡蛋吗？"

"要这奶酪吗？"

"别客气啊！"

不能伤任何人的情面。米歇尔打开车门，把大家递给他的东西都接过来。

"等一等，等一等，我两只手都满了。"

他把全部东西搁在身旁座位上。

"也给我来点面包吧。要是谁有一瓶酒……"

过了瓦舍尔，开始爬坡了。

于是，米什将缰绳往刹把上一系，就悠闲地吃起来，让两匹马信步走去。

大部分时候，搭车的总是那么几个人：来自海滨城镇的一位买薰衣草的商贩，大概姓卡穆什么的；往山上牧场去的一位羊倌，不时从面包上切下两块，一块给自己，一块给他的狗；一位农家主妇，从头到脚穿戴得体体面面；一位像野花般纯朴的乡村姑娘，淡蓝色的眼睛宛如两朵矢车菊。有时还有本地区的税务官，身边搁一只公文皮包，一主一物待在一旁，俨然似举止有度的两个人。

瓦舍尔的钟楼整个儿是蓝色的，从圣器室到尖尖的铁顶都着了色。那是西尔瓦贝尔庄园主先生的主意，他执意要那样干。他说：

"我对你们说了，我出颜料钱；油漆匠也由我付钱，你们一个子儿也不掏，一切我包了，全包了！"

这样，大家只好听任他办理。那倒并不怎么难看，而且老远就望得见……

车厢里的旅客久久地望着那座蓝色的钟楼，一边嚼着小香肠。他们久久地望着，因为这是进入山林之前最后一座钟楼了，再往前，景色就不一样了。

原来，从马诺斯克到瓦舍尔，一路爬山越岭，上坡又下坡，但每次上坡路总是比下坡路长一些。这样，不知不觉，你就渐渐越登越高了。凡是沿这条线路旅行过两三趟的人，都感觉得出来。因为，到某个地方，道路两旁再也见不到蔬菜地，麦苗也越来越矮；再往前，车子开始驶过最初的几片栗树林，涉过几处草一般碧绿、油一样闪光的山涧激流；最后，就望见了瓦舍尔这座高耸的蓝色钟楼，而它，就好比一块界石。

大家都知道，打这儿往前的上坡路，是最长，也是最难爬的。这是最后一段上坡路，道儿一直往上，把马儿、车子连人一下子托到风号云驰的天上。再也没有下坡路，这就要一直往上了。先穿过一片片树林，再驶过一片满目疮痍像条老癞皮狗般的土地。再往上，就要爬得那样高，只觉得终年不歇的山风拍打着双肩，同时耳边风声呼呼。最后就将进入那被山风剥蚀的高原。再奔驰一刻钟左右，就是一片泥土松软的盆地，仿佛是被那儿一座修道院和五十来栋房子压得陷下去的。那就是巴隆。

　　两匹马走惯了这条道，先得拐一道像胳膊肘一样的大弯。它们项圈上的铃铛响个不停，声音低沉的是那匹枣红马，响声清脆的是那匹白马。它们奔跑着，叮当之声一起一落，仿佛在说："该你，该我……"接着，道路拐进了一小片栗树林。两匹马不用吆喝，在林子前面停了下来。

　　米歇尔打座位上跳下来，打开车门，请大家下车：

　　"先生们，女士们，让马儿喘喘气啊……"

　　搭今天这趟车的，有烟草公司的德尔菲纳小姐、去帮助格里亚家宰猪的胖妇人劳尔·杜维纳，还有约瑟夫大叔。他们三个人一边下车，一边抱怨：

"鬼东西，这样的天气叫我们下车！"

十一月的风，羊群般急驰着，刮得橡树叶子纷纷飘落。这风冷飕飕的，冷得彻骨，一下子使所有的山泉都冻结住没有声音了。各处的树林子里但闻风声大作。

"嘿！不过刮点儿风嘛！"米歇尔说。

约瑟夫大叔最年长，米歇尔对他说：

"大叔，稍微走走对您身体有好处啊。"

约瑟夫是巴隆合作咖啡店老板阿加唐热的叔父。大家常常在咖啡店里见到他，不是在火炉边，就是在牌桌旁。久而久之，大家都称他大叔了。

"唔，我，有好处……"

"哎，身体可还好？"

"我没啥理由抱怨。"

"啊！您来侄儿家是做对了。在奥比涅纳那儿，您过的那叫啥日子呀！"

"那是几乎过不下去了。当时只剩下五个人。后来，菲力浦去维勒斯特当了邮差，于是就轮到我了。我对自己说：'你还待在这儿干什么？说不定哪一天，一切灾难会向你劈头盖脸砸下来，自讨苦吃！'就是那时，我给侄儿捎了个口信。我把一切全给了他，我自个儿嘛，一点点汤，一点点烟草，就凑合啦。"

"其他人呢，还在那儿吗？"

"听一个山里人说，还剩三个。其中有戈贝尔，你知道，就是外号叫'长尾雀'的，是在卢维埃尔当卫兵的那个戈贝尔的父亲，比我还老；另一个叫庞图尔，他……还有个女的，那儿的人叫她彼埃孟台斯。一共三个！"

狂风激荡之下，天空似大海汹涌澎湃，黑沉沉的，翻滚着山峰般的云团。不见了阳光，不见了平静如镜的碧空，但见乱云疾驰，向南扑去。

有时，那风直扑下来，将树木压得匍匐在地，又扑到路上，旋起一长股一长股尘埃。两匹马停了蹄，把头一低，让风刮过去。

胖妇人劳尔喘过气来说：

"那个彼埃孟台斯，不就是一个红头发的女人吗？她老是披一块这种方头巾，也帮助人家宰猪，去年摘樱桃的时候，我还碰见过她哩。"

"你呀，总是样样都知道，"约瑟夫大叔说，"可实际上，你什么也不晓得。不，她才没有红头发呢，她很少出奥比涅纳。那是一匹黑黑的老母马，名叫玛迈什大婶。这个女人在那儿至少待了四十年了。我还记得她什么时候到的。那时，她一个大字不识，常常一个人在一个斜坡下唱歌。后来，她男人死了……再后来，她儿子死了……

"这事儿，都有点不可思议哩。"

云被怒号的风驱赶着。

"……她男人是打井的，揽了村子里打井的事儿。真是命中注定的！那时我们奥比涅纳正打一口井，而他本来住在阿尔卑斯山那边，日子大概过得还蛮安生哩。我们那口井打到一个地方，遇到流沙，难以打下去了。我们从科比埃尔请来的泥瓦匠说：'我再也不下去了。我可不想给埋在里边。'而他，彼埃孟台斯，恰巧在这时来到了奥比涅纳，身上没几个子儿，还带着一个快要生孩子的老婆。是什么把他从那边引过来的呢？你们想吧，还不是命运！

"他一到就说：'我下去。'

"他至少往下挖了四米。每天傍晚上来时，浑身白花花，黏糊糊，毛发里全是沙子，就像一条白蜡虫。有一天傍晚六点钟左右，下边突然那么响了一声，就仿佛有人咬碎了一个核桃。大家听见沙子崩塌、石头滚落的声音。彼埃孟台斯连叫都没叫一声，再也没上来，大家再也没见到他。黑夜里，大家用绳子吊了盏灯放下去一看，只见崩塌的地方上边冒着泉水。水位上升得很快，大家不得不把绳子不断往上提。至少有十来米深的水把彼埃孟台斯淹没在底下。"

"哎呀！"米歇尔惊叫一声，在路中间愣住了。过了一会儿，他又迈开了步子，因为车子和其他人都赶到头里去了。

"糟糕不过的是，"约瑟夫大叔接着说，"倒霉的事儿还没完呢。命运似乎在这女人头上做了记号！本来也不算好，我刚才说了。她男人一死，村子里我们大家想办法帮助她一点儿。那口井是报废了，谁也不愿喝里边的水。

"大概两个月后，她生了孩子。大家都说：'她经历了这样的磨难，生下来准是个死孩子。'可是没说中，孩子很漂亮。于是她又有了点儿生气。她编筐卖，下到小溪里割柳条编篓子。平常，她用一个口袋把孩子背在背上，干活儿时，就把他放在草地上，唱歌给他听，孩子不哭又不闹，这样也不知有多少次，她还摘野花给孩子玩，正是这个，她本该当心的。孩子已三岁，会满地跑了。

"你知道，上坡说话不得劲儿，我都喘气了，老啦！"

他又慢步走去，接着说：

"唉！有一次，正是摘油橄榄的季节，大家突然听到山沟底下传来一声叫喊，就像是狼来了。我们站在梯子上都给吓懵了。叫声是下面小溪边传来的，大家穿过橄榄园往下跑，不知是发生了什么事，谁也不吭声，女人们呆在原地，挤成一团，下边还在不断号叫，揪人心肠！

"玛迈什就像一头野兽，她就像一头野兽扑在自己的孩子身上。大家以为她疯了，奥内西斯·比斯伸手想把她从孩子身上拉起来，她转过脸来，在他手上狠狠地咬了一口。

"最后，大家终于把她抬走了。她的孩子躺在草丛里，已经浑身发黑，都冰凉了，眼睛瞪得拳头那么大，嘴里流出蜜一样稠的涎。他已死去好长时间。大家发现这孩子原来是吃了毒芹，因为他手里还捏着几片。他找到了一丛还呈绿色的毒芹，摘了几枝玩儿，当时离哼着歌儿的母亲不远。"

"真可怜，上帝！"德尔菲纳小姐叹息一声。

他们四个人默默地走了好长时间，被风飘荡开去的铃声，宛如水点滴答的声音。突然，左边的树林子仿佛坍塌了下去，原来脚下是一条小沟。沟底一条小径直通到大道边，像一个豁口。小径是从树林间爬上来的，迂回绕了好几道弯，才到达大道边上，长满了绿茵茵的草，静静地伸展在橡树下。路面落满树叶，像一条死蛇。

顺沟谷望去，只见沟尽头一个去处，赫红的，有如狐狸的毛色。

"看，那就是你们奥比涅纳的道儿，"米歇尔说，"不像常有人走啊。得了，上车吧，大叔，往女人旁边挤一挤，你就会暖和的。"

德尔菲纳小姐两只靴筒上露出肥硕的腿肚子，迈上踏板时，她知道米歇尔正瞧着自己两条腿，便故意停下来，让一条腿悬在踏板下，同时问约瑟夫大叔：

"喂，大叔，那儿就是奥比涅纳吗，那个死气沉沉的地方？"

二

奥比涅纳村像一个蜂巢，贴在高原的边缘。是的，村子里只剩下三个人了。村下的斜坡，不断往下出溜，寸草不生。快到坡脚，才有一点松软的泥土，疏落的几株直撅撅的刺柳，底下一条狭窄的山沟，淌着一点儿水。村子就是紧贴高原边缘盖的几栋房子。当村子开始往下出溜时，似乎是为了把它稳住，村子中央建起了一座钟楼，像一个桩子把那一片房子悬挂在那儿。并没有全部悬挂在那儿，其中有一座像是凌空飞下，孤零零地从坡上滑溜下来，停在溪边，紧傍小溪岔口和那条所谓的路，牢牢地立在一棵柏树前。

这是庞图尔的房子。

庞图尔是一个彪形大汉，就像一墩能行走的木头。酷暑盛夏，当他用无花果树叶子编成一个遮阳帽，扣在后脑勺上，满满捏两手草，直起腰来，伸开两只胳膊，望着面前的土地时，宛然一棵大树。一件褴褛的衬衫穿在身上，恰似一张树皮。两片又大又厚的嘴唇，难看得像一个红柿子椒。他要抓什么东西时，就把手慢慢地伸过去。平常那东西是不动的，或者是动不了的，不管是果子、野草，还是死了的野兽，他总是慢慢地伸过手去，一旦抓住，就抓得牢牢的。

活的野兽，他一旦碰上，就一动不动地盯住它们。不管是狐狸、野兔，还是乱石堆里的大蛇，他都一动不动，从容不迫。他心里有谱儿，在灌木丛里某个地方，他安了一个铁丝套圈，等它们一走过去，就会把它们的脖子勒住。

庞图尔有个毛病——要是算得上毛病的话——就是自言自语，这是打他母亲一死之后就落下的。

一个如此高大的汉子，却有一位瘦小得像只蚂蚱的母亲。庞图尔的母亲是病死的。大家把那叫作"病"，其实就是头晕不适。患这种病的多半是上年岁的人。病人阴虚盗汗，两肋岔气，然后，是五脏六腑翻腾绞痛，接着就死去了，因为体内的血液像牛奶般凝结了。

母亲一死，庞图尔把她扛在背上，背到溪边，那儿有一片草地，是村子四周唯一的一小片自生自灭的草地。庞图尔把母亲放在草上，把她的衣裙和头巾扒下来，因为她是穿着衣服死去的，当她疼痛喊叫时，庞图尔没敢碰她，就这样，他把母亲脱光了。母亲通身蜡黄，像一截残烛，又黄又脏。他把她扛来，就是为了这个。

庞图尔随身带来了一块绒布、半块肥皂。他把母亲从头到脚擦洗干净，处处小心翼翼地揩拭着骨头，因为母亲瘦得只剩下皮包骨。然后，他用一条被单把尸体裹好，扛去埋了。就是打这天夜里起，他开始自言自语了。

有时，庞图尔到村子里去看望戈贝尔和玛迈什大婶。

戈贝尔是一位留小胡子的小老头儿。在这里还是生气勃勃的时候，就是说村子里还住满人，附近还有森林和油橄榄园，还耕种土地的时候，他是造大车的。他造大车，箍车轮，钉骡掌。那时，他有一口又黑又漂亮的胡子，肌肉结实，硬邦邦有如竹子，以他那短小的身材来说，简直是太发达了。他仿佛被自己的肌肉弹来弹去，成天价在铁工作坊里，像一只耗子蹦来蹦去，一会儿这，一会儿那，忙活个不停。正因为这缘故，大家送他个绰号，叫"长尾雀"，那是一种小鸟儿，每年春夏秋三季，在灌木丛中像弹丸般弹来弹去。

戈贝尔造的犁是再出色不过的。他有个诀窍。他在一棵柏树下挖了个洞，洞里渗满了水。那水兴许因为是从柏树根间渗出来的，苦涩有如羊胆汁。他要造一张犁时，就扛一大段白蜡木，置于洞内，让它浸泡好多天、好多夜，有时他来到洞边看那木头，一边吧嗒着烟斗，将木头翻个个儿，拍一拍，又扔进水里。一直等它泡透了，再来用手把它洗干净。有时，他只打量着那木头，不去动它。金灿灿的阳光，在木头四周闪烁。戈贝尔每次回到作坊里，两条裤管的膝盖处，总是被压碎的杂草染得青绿。某一天，木头泡到家了，他便取出来，放在肩上扛回家。木头水淋淋，像是从海里捞上来的。然后他在炉前坐下，把木头搁在大腿上，轻轻地掂掂这头，掂掂那头，悠着劲儿拧着，木头便变成了大腿的形状。嗬！用这种办法，便造出了庄稼人最可心的犁杖。犁一造成，大家都来观看，摸着，议论着，有人问：

"戈贝尔，你要多少钱？"

戈贝尔正在铁砧和小木桶之间忙活儿，停下来说：

"已有主儿啦。"

现在的戈贝尔，已是一个小胡子老头儿。肌肉的运动已将他消耗殆尽，只剩下一张鼓面般的皮，包着把老骨头。他已心力交瘁，他的操劳尤其过度，如今都好像精神错乱了。

戈贝尔的铁工炉子位于村子最高处，已是冷冰冰一座死炉子，烟囱受风吹雨打，炉膛里满是剥落的泥灰和碎砖头，风箱被老鼠啃掉了，戈贝尔就住在这儿，将床铺摊在一堆本要锻铸而未锻铸的铁块旁边。那些长长的铁块，冷冰冰的，堆放在阴暗的角落里，落满了灰尘。夜里，戈贝尔就躺在旁边。夯实的泥土地面，由于潮湿，隆起一个个大疙瘩。但铁砧还在，还有一把"前锤"，木头的把儿，像铁砧一样闪闪发光。成天价，戈贝尔感到烦闷时，便走拢来，抓起大锤，高高抡起，向铁砧捶下去。这样捶着，毫无目的，不过是为这声音，为听到这声音，因为这每一声，都震响着他的生命啊！

铁砧的声音向四野传播开去，有时传到还在打猎的庞图尔耳朵里。这又是一桩事儿，我们不妨来说一说。

这天早晨，四野霜冻，寂然无声。虽说寂静，但风并没完全平息，仍在款款吹着，用它的尾巴拍击着冷冽的晨空。太阳尚未出来。寥廓的天空，似乎整个儿冻结了，宛如一匹平展的麻布。

庞图尔家生了火，天刚泛白他就起来了，这会儿立在灶前，瞧着里边旺盛的火苗在干枯的橄榄枝上跳动，他拿了一口锅，搁上些土豆。水煮土豆，说汤算汤，说菜算菜，同时又顶面包。

橄榄枝生火是不错，因为一点就着，但火苗恰似一匹马驹，跳腾得倒欢，就是没劲儿。那顽皮的火苗，直往锅边上舔，庞图尔便伸开老皮革般粗糙的手掌，拍打着火炭，把火苗压下去。

他正要最后拍它一掌，手举到半空停住了，冲着火说：

"哈！你不扑棱了？"

火不扑棱了，已挨够了巴掌。现在长长的红色火苗舔在锅屁股上。

蓦地，风声压过了火声，太阳升起来了。

从上头的村子里，飘来长长一声牧羊人的嗯哨。这哨声箭也似的直冲庞图尔家而来，它的来踪可以感觉得到，刚透过墙壁，撞在火里的铁锅上，震得嗡嗡直响。

庞图尔忙扔掉搅汤的树枝，将两个粗大的指头伸进舌头下，发出同样的哨声表示回答。哨声直飘村上而去。庞图尔的脸庞涨红得像西红柿。

这是老规矩。他知道，戈贝尔一直走到了教堂前的土坪上，用他的老舌头和老手指，打出这特殊的哨声，祝他早安。

不过，今天早晨这哨声响得比平常早，而且仿佛在说：

"来啊。"

这不会是祸事的信号，不像。这哨声仍是很正常的；再说，也没有催促说："来啊，快，快来。"

不。这只是简单地说"来"，并无别的意思，譬如说："来，来瞧瞧，来待一会儿。"

庞图尔准备去。

去之前，他先喂喂那只山羊。羊儿自由自在地、孤零零地待在那间黑乎乎的大马厩里，立刻向敞开的门口跑过来。庞图尔瞧着羊吃草，见它不再吃了，只顾用鼻子在树枝里拱来拱去，便摸摸它的脑袋说：

"得了，走，我们上戈贝尔家去。"

一到悬挂在沟顶的奥比涅纳村头，右手边就是玛迈什家。那座房子当然不是属于她的，不过谁也不会来向她收回，在那许多房子中，她尽可以挑一栋毁坏得不甚厉害、尽可能还有些残瓦旧橼的。

庞图尔绕了几步路，推开玛迈什家的门。

"瞧，玛迈什，卡洛利纳来了，挤奶吧。"

彼埃孟台斯见羊站在门槛上，发出颤抖的咩咩声，一身毛也跟着抖动着，便唤道：

"卡布洛，卡布洛！"

羊儿闻声进到屋里。

铁工作坊前，戈贝尔正等着庞图尔。

"你穿上了这件漂亮褂子。"庞图尔说。

是的，戈贝尔穿上了一件讲究的上衣和一条灯芯绒长裤，戴了一顶讲究的帽子。

"我要走了。"他低声说。

一口铁皮包角的大箱子，压在当街的草上。

"我要走了，昨天傍黑时分，孩子给潘坡内那个羊倌捎口信来说，让我一个孤老头子过这个冬天他不放心，我去他那儿要好一些，他给我预备下了一间靠厨房的房子，挨着火炉会暖和些。还说贝莉娜和孩子们会给我一些乐趣，贝莉娜会好好侍候我的。我都八十了呀！"

庞图尔看一眼戈贝尔，见他已穿戴得十分利索，又见箱子已捆扎停当，黑洞洞的作坊中间，一条被单包着一大包鼓鼓囊囊的东西。

"孩子的口信说，他会赶着车一直到莱纳-波克井边来接我；再往前，车子通行不了。看来我们山沟底这条道儿全坍塌了。"

"我步行还过得去，"庞图尔说，"刚好过得去。"

"所以我才吹口哨叫你。"

戈贝尔又指着几件行李说：

"这口大箱子不必去试了，肯定过不去。你要吗？"

"不。这种东西，有女人才需要。"

"那个呢？"庞图尔接着又问。

"唉！好伙计……你来瞧瞧。"

作坊里，戈贝尔将包裹解开，他的两只手颤抖着。被单里躺着的是他的铁砧。

"这个，我倒是想把它弄出去。"

庞图尔理解老人的心情。这种事儿是可以理解的。

"试试看吧。雅斯曼几时在那儿等你？"

"他的口信说，他日出就从家里动身。"

"你都准备好了！"

"准备好了。"

"你待腻了？"

庞图尔说"待腻了"并无恶意，是顺口说出来的，并不是讽刺戈贝尔，但戈贝尔却默默地低下了头。

道路确实难走，特别是贝尔热里林子那一段，根本就没有路。庞图尔先把手伸给戈贝尔，将他拽上去，再下来扛铁砧。

戈贝尔探身望着下边，对庞图尔说：

"抓住那棵百里香，那儿，右边，脚踩住那块石头，那儿，左边。别抓那棵草，枯死了。行了。啊，好伙计！"

庞图尔扛着铁砧，踩着乱石堆，气喘吁吁，不时骂一声"他娘的！"这才憋足了劲儿，爬上那个一米高的陡坎儿，爬到顶上，他将铁砧往落叶上一扔，痛痛快快吸口凉气，揉揉汗水刺痛的眼睛，放声笑起来：

"总算扛上来了，这娘儿们！"

戈贝尔也笑了，瞧着过了最难爬的地方，心头暖烘烘的。他将包裹撩开一点儿看看铁砧，那铁砧无动于衷地躺在里边。

"它肯定没想到，叫我们费了这么大劲儿。"

庞图尔又接着出发前的思路说：

"那么，这样讲来，孩子叫你去，是因为有时候你抱怨啦？离开奥比涅纳你过得惯吗？你在奥比涅纳土生土长的呀！或许是他那儿需要你吧？是么，叫你睡在厨房隔壁？谁晓得这会不会是贝莉娜打你的主意？"

戈贝尔没吭声，只是晃了晃脑袋，像回答"是"，又像是回答"不是"。

村子已望不见了，只还看得见一段草木丛生的山梁；风把草木吹得东倒西歪的。

雅斯曼看见他们来了，叫道：

"喂，你们那儿快点！"

因为莱纳-波克那个盆地很冷。

"到了！"庞图尔说着，将铁砧往地上一撂。

"这是啥？"雅斯曼问道，一边打量着那个包裹。老人们有时是有藏钱的家什，像这个包就足有十公斤。当看到里边是个铁砧，雅斯曼冲父亲嚷道：

"你疯了，爸爸！"

庞图尔抢着答道：

"不，你就依了他吧。这个你不懂。"

等戈贝尔上车坐好，庞图尔把铁砧放在老人两腿之间。戈贝尔说声谢谢。儿子将鞭子一挥，父子二人就上路了。

庞图尔目送着他们，只见戈贝尔双手搁在铁砧上；铁砧在他身前两条腿之间。他抚摩着铁砧，露出幸福的表情。要是将铁砧留下来，那会比要他的命还难受的。

莱纳-波克井的井池已结了冰。这是一口被遗弃的、不幸的井，毫无遮盖，被遗弃在光秃秃的田野里。出水口是一根竹管和一段空心杨木做的。这口井孤零零地被遗弃在那儿。夏天，太阳像一头驴子，两三口就把井水喝得精光；风儿在井槽里洗脚，将水卷进尘里糟蹋了。冬天，它连心脏都冰结了。这口井像整个儿这片土地一样，倒霉透了。

远远地，空中还传来"驾"的一声吆喝和"啪"的一声鞭响。雅斯曼的车子已爬过那道黑土坡，接着父子俩驶出了山口，什么也看不见了。

庞图尔顿觉寒冷彻骨。他抬起脚向村子跑去，一边跑一边叫着：

"嘀……嘀……"

这等于有个伴儿。

"啊，玛迈什！"

"啊，孩子！"

玛迈什的声音低沉而干巴，是从胸腔深处发出来的。

"卡洛利纳的奶挤了吗？"

"挤了。它都赌气了，正等着你哩。你进来看看就晓得了。"

"萨吕达①！"庞图尔一边推门一边唤道。

屋里的石板地面洒满一层阳光，犹如牲口棚里垫了厚厚一层干草。四壁上半部至天花板没有阳光，因为窗户上半部的玻璃换上了几块木板。那种窗户是老式的，就是下半部两块玻璃也得当心，其中一块已不牢靠，说不定会被风刮下来。这样，阳光只能照着房间里人的下半身。此刻，玛迈什的下半身，从脚到腰沐浴在阳光里。

靠近桌子，有一尊高大的圣母石膏像，整个儿沐浴在阳光里。这尊圣母像，是在教堂长满了野草，几乎成了一个狼窝之

---

① 庞图尔对自己羊的爱称。

后，玛迈什搬回家来的。圣母穿戴整齐，就跟在教堂里的一样，两只光脚，一串橄榄核念珠，一件笔挺的天蓝色袍子。

看上去，玛迈什与圣母一模一样，只是通身是黑的。

灶台石头上，摆着三碗热气腾腾的羊奶。

"没有必要再摆三碗了。"庞图尔在劈柴旁坐下说道。

"怎么？他是……"

"没别的，他刚走了。"

玛迈什把头俯向庞图尔。她那张瘦削的、饱经风霜的脸，像一柄旧斧头，只是眼睛里还燃烧着生命的火花。

"你再说一遍。"

"我说他刚走了。"

"去哪儿了？"

玛迈什坐在阳光里，说了这几个字，嘴唇仍在动着，像是还有许多话想说。

"……儿子家。"

"儿子家？……儿子家？……"

玛迈什站起身，向门口迈一步，又迈一步。庞图尔抬起头，望着暗影里她那张脸，他的眼睛现在习惯了，稍微看得清楚点儿了。玛迈什两只赤脚的大脚趾，有如野兽的爪子，磨得石板地面嘶嘶作响。

"啊，玛多纳①！"她窒息的嗓子眼里，突然迸发出一声号叫。

她身子蜷缩，扑倒在地，绞着双手，脑袋仿佛被风刮得摇来晃去。

"玛多纳，玛多纳！啊，这一下全都……这一下统统……我不是也老了吗，我？我走了吗？我不是也有过孩子吗？我男人在你们这个鬼地方岂不是白白丢了条命？他为啥给你们去打井？他帮你们打井，连命都豁上了呀！我走了吗？我没有老吗，我？"

"啊！母猪！"

玛迈什一把抓过那碗为戈贝尔预备的热奶，照准圣母的脸，哗的一声泼过去。圣母那件天蓝色袍子笔挺的裥褶上，从上到下飘起一股水汽，接着又消散了；被泼湿的念珠闪闪发光，微笑的嘴唇上，沾着一层奶皮儿。

玛迈什冲着圣母，摇晃着一只沾满奶的、像冻裂的楔子般的黑拳头：

"母猪！你爱干啥就干啥，你把我像打麦子一样压瘪了，你把我像晒麦子一样榨干了，你把我像麦子一样吃光了！

"可是，我的祈祷你难道全都当成了耳旁风？你可以瞪着

---

① 玛多纳，马诺斯克方言，意为圣母。下文贝利西玛、米亚·贝拉同。

两只石膏眼睛看着我，可我会看你吗？我这是冲着你的面说的，你还能把我怎样？我的血早给榨干了！"

"听我说。"庞图尔温和地劝慰道。

"不！这可是实在的。你评个理儿吧，布拉儿①！你晓得，我男人埋在你们的地底下，他下去为你们汲水，一直钻到泉水缝子里去了，为的是叫你们喝上水，喝上汤。不是这样吗？布拉儿？你以为我比其他女人少点什么吗？我也有奶头，也有肚子，也有嘴和舌头，可以吻他，把他留在身边，给他快乐！可是他在地底下，死了，啃了一嘴你们的泥土！

"这个在那儿咧嘴笑的娘儿们，那天她干什么去了？那天她跟哪个男人睡觉去了？

"我男人不是白白死了吗？他们一把他弄死，就一个个抬腿走了，像一群猪猡去寻橡实吃去了。

"如今该留住他们了，这个咧嘴笑的娘儿们干了什么呢？啊，圣母，要是光为了像只虱子附在我身上，吸我的血，你倒是没白费劲儿……"

"听我说，"庞图尔又温和地劝慰道，"听我说，玛迈什，到我身边来，过来。咱俩是……"

○　庞图尔的爱称。

玛迈什双膝着地爬到庞图尔身边，靠着他，紧贴在他身上，用瘦骨嶙峋的大手指抚摩着他。

"啊，布拉儿，"她叹息一声，"我说话也不利落了！"

他们这样默默地依偎了好长时间。

"孩儿呀。"玛迈什唤道。

"娘。"庞图尔叫道。

因为在这沉默之中，他蓦然想起了自己的母亲，想起了那已去世的、在地底下被爆竹柳吃掉了的母亲。

玛迈什靠在庞图尔身上，浑身筋骨颤抖着。她渐渐平静下来，抚摩着庞图尔的大腿，说一些温柔的话儿，一些从她那颗似无花果一样甘甜的心里发出来的话儿。

"我思念我的儿子，我的洛兰多，我那也埋在黄土下的孩子，这是不公平的，布拉儿！他们一个个都还身强力壮，就离开这里去找好位子去了。而我呢，我所心爱的一切都化了这片土地上的草和水。我一定要待在这儿，直到像我的亲人们一样化作这儿的泥土。"

"我与你一样，玛迈什，"庞图尔说，"我母亲也……"

"孩子，听我把一桩像铲子一样剜着我的心的事告诉你吧，这事儿折磨得我好苦啊。只要我们还活着……可是以后呢，咱俩都会化成草木，一点儿痕迹也不会留下。

"听我告诉你吧：我与我男人初结婚时，我们是在彼涅特罗那边工作。不久我就跟他离开了那儿。路上我们穿过了一片有人烧木炭的森林，走近一个地方时，见那儿老是有一堆冒烟的木炭，周围已被砍得精光。我们知道，那个烧炭工是从远处砍了木头，然后运回那儿来烧的。我们想打听一下他为啥这样干，便走上前去。走拢一看，只见三棵树下搭着一个窝棚，一个小得可怜的窝棚，就像一颗核桃那么大。棚前有一个女人和两个像小狗一样趴在地上的小男孩。

"我们老实巴交地上前打听。那女人说，他们家不止这么些人。地底下还有一个小男孩，乖乖地长眠在下边，长眠在一个树木环绕的地方。地底下还有一老一小，老的是女人的父亲，小的是一个一生下来就死了的小女孩。

"更主要的，布拉儿，他们家还有那个成天在炭窑的烟雾里钻来钻去的男人，一个生龙活虎的汉子，谁知道，谁知道他还会生下多少孩子啊。

"从那时到现在，可能已发展成一村人了。

"可是咱们这儿呢……"

"玛迈什，该喝奶了。"庞图尔说着端起一碗。奶已凉了，表面结了一层又亮又厚的奶皮，像是冻结了，喝之前，玛迈什把一个黑黑的指头伸进奶里，用指甲把一根山羊毛挑出来。

"我该下去了。你把卡洛利纳放在哪儿？"

"在屋后草地里。"

"你还有土豆吗？"

"有。"

"想法儿吃到大冷的时候吧。然后我去找布雷特村那个人，看能不能用只野兔向他再换点儿来。你还缺什么吗？"

"什么也不缺，孩子。往后咱俩可得相依为命，才能坚持下去。"

庞图尔走到门口唤羊，羊闻声跑过来。不一会儿，小径上传来庞图尔大步踩得石子滚落的声音。

现在，玛迈什独自站在圣母像前。圣母微笑着，嘴上沾着一层奶皮。

"贝利西玛！"

玛迈什将两只长长的黑胳膊一张：

"米亚·贝拉，我最心爱的，来，让我给你擦一擦。"

她把圣母搁在膝盖上，将念珠取下来，一颗一颗擦干净，又撩起裙子角，往上面吐口唾沫，把圣母的嘴擦干净。

"去吧，别担心，你永远是我的美人儿。"

擦过之后，玛迈什出神望着空中，仿佛想起了自己的过去，想起了自己终生的劳累。

庞图尔再来到玛迈什家时，已是下午四点。在眼下的季节，这会儿太阳正挂在山顶那棵松树梢上，还要挣扎一会儿，才会向山冈的背面坠落下去。

整整这一天，庞图尔肩上一直扛着那个铁砧，一个无形的虚幻的铁砧，但比早上那个真的铁砧还要沉重得多。

整整一天！

有时，他感觉到肩上被铁砧的棱角划破的小口子在隐隐作痛，不禁自言自语地说："戈贝尔走了。"过了一阵才意识到，"戈贝尔走了"，这就意味着，现在奥比涅纳只剩他孤单一人了，只剩他孤单一人和玛迈什，而她又解不了他多少愁烦。啊，再也听不见了，听不见村子的心脏跳动了。铁砧运走了，放在雅斯曼的车上，放在戈贝尔两条腿之间运走了。再也听不到那"叮当，叮当"的声音了。那是村子里唯一还有点儿生气的声音，那声音一直传到林子深处，告诉他：戈贝尔烦闷了，戈贝尔想起了往昔他当造犁师傅的光阴。

整整一天，庞图尔一直扛着那沉重的虚幻的铁砧。现在，当他往坡上玛迈什家走去时，还扛着它。

太阳的手指，最后松开了山顶那棵松树，坠落到山冈背后去了。天边仿佛溅了几滴血，夜伸出灰色的手，将它们抹去。

玛迈什家灶膛里生着火，但风从烟囱口倒灌进来，打着唿哨，卷着烟雾和灰烬，将火苗压得匍匐在炉膛底。

庞图尔嚼着烟草，那是从衣兜底上抠出来的一个烟草团，混合着草屑和兽毛。

烟草又苦又涩。

"……这鬼天气。"

风怒号着，已经刮了三天。

"转过身来让我瞧瞧，"玛迈什对庞图尔说，"往火边靠靠，布拉儿，让我瞧瞧……"

"你要干啥？"

"往前靠靠……"

庞图尔弯下身子，好让火光照亮自己。他的身子进到了火光里。

这是一个还年轻的汉子，双颊红润，两眼炯炯有神，腮旁漂亮的胡须，被血液灌浇得十分茂密；骨骼上有着厚实的肌肉，那是四十岁汉子的肌肉，硬邦邦的，充满生命力；两只结实的手，充满力量，仿佛油在里边流动。

"你看清了吗？"

"看清了。"

"怎么啦？"

"啊，上帝！我想起了那个烧炭工……"

"哦。"庞图尔说。

他往火炭上吐口唾沫，接着说：

"是啊，是需要一个女人。有时一到阳春季节我真想得慌。但上哪儿去找一个愿上这儿来的女人？"

"上哪儿？哪儿都有，只要你肯硬弄一个来。"

"唔，你觉得那样使得吗？"

"你难道是个不中用的？"

"我跟其他人一样。不过我对你讲，那样做使不得。得找一个离这儿远的，能待得长久的。"

"要是我给你找一个来，你要吗？"

庞图尔不再嚼他的烟团儿，定定地看着玛迈什的双眼。他一动不动地、默默地观察着她……玛迈什又说一遍：

"要是我给你找一个来，你要吗？"

庞图尔半个身子往前一倾，深深点头表示同意：

"好！我要！"

这年的冬天特别寒冷，从未见过溪里结过这样厚的冰，从未感到这么冷过，冷得那样厉害，仿佛连天上的风也冻结了。四野在寂静中抖索着，村后的整个荒野覆盖着一层冰。天空没有一丝云翳。每天早晨，橙黄色的太阳静悄悄地升起，然后冷冰冰地一晃掠过中天，就沉落下去了。夜间，满天繁星，像堆满了谷粒儿。

庞图尔已是一副地道的冬天的容貌，两颊的胡须变长了，羊毛似的乱蓬蓬的。

那恰似一丛灌木。每次吃饭前，他总得将嘴边的胡子分开。他性情也变坏了，不再跟自己那些家什说话。他用布将脚和腿包得严严实实，用细绳子扎紧。这样既暖和又防滑。他总是随身带把刀和设陷阱用的铁丝，四山游猎，因为他需要肉。

玛迈什也打猎。她是为着自己的需要，以自己的方式打些小野味，譬如麻雀之类。它们为寒冷所迫，飞进家来，毛茸茸像毛线团儿。玛迈什的办法，当地人叫"撒香籽儿"。她有一些陈燕麦，拿出来和芸香、曼陀罗膜一块儿煮熟，然后撒在门前，麻雀一吃就死。在将麻雀拿去烧之前，她把嗉囊取出来，用一把旧剪刀剖开，把燕麦粒儿抖在一张纸里，准备下次再用。

当然，庞图尔并没忘掉玛迈什，经常将大块的野兔肉、画眉，有时将整只的小野兔送上去给她。因为他有足够的，自己爱吃多少就吃多少，还储存了一些在地窖里，预备以后拿去跟布雷特那个疯老头子换土豆。

冬天越来越严寒，一天冷似一天。

庞图尔进了凡桑林子里。他设了几个逮野兔的陷阱，想去看看。

老远他就看见了玛迈什。她也出了门，跑到这块荒地上来了，像一段木头立在那儿。庞图尔正要叫她，却发现她在说话。

庞图尔侧耳细听，只听见玛迈什说：

"要想待得住，首先还得靠你恩典啊。"

她是在与自己面前什么东西说话。可是她面前什么也没有，只有那片因病害和寒冷而荒芜不堪的土地。

这样的情景还发生过一次，但不是在同一个地方。玛迈什像是在四处求亲告友。那是在雷斯普兰丁山腰，一片间杂有许多大树的灌木丛中间。

庞图尔踮起两只包了布的脚，悄悄走过去，好像是想用套圈儿把她套住。玛迈什站在那片山坡前没有动，山坡上覆盖着冰霜和冻结的烂泥，满目污秽，上边是一片光秃秃的、萧索的树林。

跟上次一样，玛迈什说：

"放心吧，这事儿我包了！不管她在什么地方，我都要把她找来。不过我对你说了，这首先还得靠你恩典。"

玛迈什这些话，的确是对她面前那些东西说的，因为快说完时，她抬起胳膊，用手指着前面的草、树和土地。

渐渐地，冬天像一只有病虫的果子，变软和了。在这之前，这果子一直又硬又青，酸溜溜的；后来才突然变软和了。空气中已带几分暖意，还没有起风。三天来，南方黑森森的地平线上，一大片云像抛了锚，在原地浮动。

到今天，雨来了。这雨有如一只鸟儿，展翅飞来，停一会儿，又飞走了。人们看见它翅膀下的阴影掠过卢维埃尔的重重山丘，回到奥比涅纳转一圈，又向平原地区飞去了。雨霁晴开，太阳就像一张嘴里呼出的热气，照在人身上暖洋洋的。

庞图尔去掉了裹腿，坐在太阳底下，伸开两只脚取暖，开心地伸屈着脚趾头。卡洛利纳傻头傻脑望着他。

玛迈什面南而立，久久地眺望着那块在原地不动的云。她深深地吸着空气，品尝着，仿佛在品尝着一缸酒，看它是否酿成了，是否已起过泡沫，醇浆是否流出来了。这样过了一阵子，看啊，那块云向浩瀚的天空飘过来了。它离开了海边，开始了旅程。玛迈什盼望的就是这景象。

于是，她转身进屋，煮了土豆，将陈年的大个儿的土豆统统煮了。土豆煮好后，她一个个排列在桌上，数了数，然后扳着指头计算起来：

"一天，两天，兴许三天，兴许四天。"

临了，她说：

"够数了。"

她将土豆放在一块毛巾里，又放一把粗粒儿的盐，用一根铁线莲藤将包裹扎紧，然后从圣母颈子上将那串念珠取下来，挂在自己脖子上。她又呆着将圣母端详一阵子，紧闭着双唇。

这时，南来的那朵云已飘过窗外。它来的速度很快，正向北飘去。

就是在这天夜里，大地解冻了。在寒冷中冻结了、变僵了、凝滞了的大地万物，突然间苏醒过来，恢复了生命。雨云密布，风从四面八方浩荡而起。带着枯叶的树木，奏起雄伟的乐章；顽强地保留着去年的绿叶的橡树，在风中喧哗，发出激流般的响声。

白天直到日落时分，风云一直变幻着。日落后，庞图尔将卡洛利纳圈好。那羊儿似乎有点儿骚躁不安，抬头望着村子。那上边，玛迈什坐在墙垣上，翘首向着南方的天空，在望什么。

接着，夜幕降临了，浓似泼墨。但这漆黑的夜色，比起冬天那铁灰色的、繁星满天的夜，要可爱一些。这夜色之所以更可爱，首先是它更暖和，更温柔；其次可以听得见山溪的流淌和那棵柏树的絮语，还听见什么东西尖尖地叫了一声，若不是节令这么早，还以为是狐狸叫哩。

庞图尔很快睡着了。他很疲乏，不知为啥这样乏，近几天并未外出打猎啊。他并非因为劳累而疲乏，而是仿佛有人在他的胳膊和腿上掏了一些洞，让周身的力气流走了。是的，统统流走了，而灌满了带风轮花香的乳汁。他感到这乳汁在周身流动，使他浑身痒痒，不禁发笑。但他很乏，很快就酣然入睡了。

约莫子夜时分或子夜过后，一声大叫像一颗石子击在他的耳膜上，将他从睡梦中惊醒。

"这是玛迈什！"

庞图尔连门都没看见，就两步跨到了屋外，仍是睡眼惺忪。

果然是玛迈什。她站在村头墙垣上，手里拿着火把。玛迈什将手里的火把举得高高的，火把将她照得通亮。她披着一方黑头巾。火把上升腾的烟向北飘去。

"你怎么啦？"庞图尔尽力拉开嗓门问道。

"没什么。"

"病了吗？"

"没有。"

"那怎么啦？"

玛迈什好一会儿没有回答，似乎在憋足劲儿，准备大喊大叫。

她用火把指着南方嚷道：

"来了，来了！"

"她莫不是有点儿疯了？"庞图尔心里嘀咕道。

不过，他也转脸向南望去。从黄昏时候，这天就起了变化。现在，一股活泼的、馨香的强烈气息，犹如一匹休憩足了的小牲口，在黑暗中驰骋，又似牲口绒毛下充满生命力的血液，温润而又带点儿苦涩。庞图尔仰鼻嗅着，仿佛闻到了淡淡的山楂花的芳草。这是从南方奔腾而来的，整个大地都为之喧嚣的

——春风！

等到早晨，庞图尔向苏醒的世界打开大门。眼前是生命，美丽的生命，千姿百态，万马奔腾。遍山的树林，挥动无数的手臂，在原地狂摆乱舞。巨轮般的云彩，驶过一座座山丘。急驰的云，从天空这一边扑向另一边。一只寒鸦哀号着，似一片落叶被大风席卷而去。

庞图尔将卡洛利纳解开。嘿！这畜生立刻像一支喷泉窜出

了羊圈，白茸茸有如一朵浪花滚过屋前的草地。跑到那棵柏树前收住四蹄，耀武扬威地对柏树摇晃着它的犄角，然后突然转身向相反的方向跑去，四腿蹚得杂草沙沙作响。

玛迈什说来了，也许就是指这个吧。那么，她说这个是想干什么呢？春天来了，是的，这是明摆着的。

庞图尔还是往坡上走去，想问个究竟。

玛迈什家阒无一人。卧室里是空的，褥子卷了起来，桌椅都靠墙摆得整整齐齐，似乎主人要出门很长时间。桌上放着一条崭新的被单，叠成八褶，摆在那儿，十分显眼。这条被单庞图尔是知道的，所有老太太都在衣服柜里保存着这么一条新被单，不言而喻，是临终时裹她们用的……

庞图尔回到门槛上，叫道：

"喂！玛迈什！"

就这样，庞图尔一直找到中午，找遍了整个村子，找遍了每座房子，找遍了被去年的风刮倒的全部废墟。

"玛迈什，喂！玛迈什！"

后来庞图尔又回到了玛迈什家，屋里还是空的，那条新被单仍然摆在桌子上。

于是他对自己说：

"我得去高原上找找。"

高原上，人们是不常去的，绝没有谁高兴跑到上面去。那是一片平坦的、一望无垠的土地，满目皆草，除了草，还是草，一棵树也没有。平展展的一片，人立在上边或在边上行走，只有自己的身子高出野草。这给人一种莫名其妙的感觉，仿佛总是有一个什么东西在召唤自己。高原是从奥比涅纳最边缘的几栋房子起伸展开去的。事实上，它一直伸展到四十二公里外的布莱纳。但你不一定会想到它居然伸展得那样远，因为平常展现在面前的，没有任何标志表明它会伸展到有人烟的地方，只看见前方远远的天边，被风驱赶着的尘埃，组成一道灰色的屏障。

高原上空荡荡的，只有风……这就是昨夜兴起的风，像羊群般奔跑的春风。看，它卷着尘埃从远处刮过来了，刮到面前来了，又刮到那边草上去了，到处是风。

"玛迈什，玛迈什！"

没有回答。只有风刮过来，像是来看看发生了什么事情，又刮走了。

现在，庞图尔的嗓子喊哑了。

"她这是怎么啦，这个女人？谁想得到她也会离开呢？"

庞图尔回到村里已是薄暮时分。玛迈什屋子里，残存的微弱光线照着桌子上那条白被单。庞图尔把门拉上，然后走到村头墙垣前，举目把村子四周直至每个旮旯都寻了个遍。从连绵起伏的山丘，到高原边缘那一长条平溜的、灰色的线，他的目光从最右边一直移到最左边。

他的身后是空无一人的奥比涅纳。

他把村子四周直至每个旮旯都寻遍了，自言自语地大声说：

"瞧，现在只剩下我一个人了。"

三

磨刀匠热德米斯从索尔特烟草铺出来。他刚买了六包烟丝，顺手关门时，把它们抱在胸前。

"你是怕涨价，预备点存货吧。"街对面的布雷林大声冲他说。

"鬼东西，"热德米斯答道，"你要抽烟，三步路就是烟铺，而我明天就要出发了。你没看见眼下正是春耕大忙季节？我四天没见到烟草贩子了。"

热德米斯说着将六包烟丝分开揣进几个衣兜，手里留一包，卷上一支点上，一边抽一边向街对面走去。

"喂，给点儿吧，"布雷林说，"我把烟丝忘在壁炉上了。"

"手别太狠，我得抽八天呢。"

"穿过哪里要八天？"

"你疯了，四天就够了。可是，你晓得，到了那边没有烟草铺。"

"那么，你在高原上过夜？"

"嗯。"

"不怕吗？"

"不怕。"

"倒也是。你车上装满了快刀，还怕啥？"

"嘿！倒不是真有刀就不怕，而是这条道儿我走惯了。我并不是喜欢这条道儿，不过从没害怕过。关键是要辨清方向，别错过宿头。打这儿动身，我第一天要赶到三圣村，在那儿一个干草仓里过夜，那干草仓还凑合。第二天赶到老鸹窝，从那儿往前，就更难走了。压根儿没有路，要会辨别方向，头脑要冷静。然后往右拐走两三个小时，就到加利贝村。"

"你带阿苏尔去吗？"

"你想叫我把她留下？"

"不。只不过随便问问。你真是个强盗，热德米斯，离开这个女人你就没法儿活了。"

"哎！你都想到哪儿去了！我这把年纪……脑子转不得你那么快啦。你没看见我是叫她拉车？"

阿苏尔是谁？

唉，说来话长！

阿苏尔原本叫"伊列娜小姐"，甚至叫"巴黎和全球剧坛明星伊列娜小姐"。这个你当然知道，是人家瞎编的。不过，在"两个世界"咖啡馆的玻璃窗上，一张手抄的广告上的确这么写着的。

实际上呢，她是拴在一辆大车后边，打蒙特布伦那条道上过来的。那辆大车蒙着一条又脏又旧的床单，在前边牵骡子的，是一个长相像杀人犯的男人。那男人的身份，广告上写着"著名演员托尼"。这位著名演员的节目，一进到村里，就是以不堪入耳的话骂那头骡子，因为那头骡子赖在村子洗衣店旁边的荫凉处，不肯动窝儿了。

伊列娜小姐跟在大车后边，因长途跋涉而显得疲惫不堪，脚上一双过大的旧靴，是带扣儿的男靴。她抓着系在刹把上的一根绳子，被车手拖着往前走，从脚至腰，满是尘土。

"两个世界"咖啡馆里，过去有一个台子，晚上，店里挤满了人，连厨房里也是人。女主人阿乐瓦松忙得不亦乐乎。所有的人都敲着桌子叫嚷："来杯咖啡！来杯咖啡！"而阿乐瓦松则嚷着："挪挪窝儿，让我拿开瓶子的起子。"

哦！拿吧。大家轰地笑开了。过后仍一样，其他人又敲起来。渐渐地终于有了点儿秩序，大家都帮了点儿忙。当差不多平静下来时，伊列娜小姐登上台。她有一双削土豆的粗糙的手，一双叫人……怎么说呢？瞧吧，一双叫人难受的眼睛。她站在台上准备唱歌。可是她想起了长途跋涉的痛苦，想起了其他许多，唉，许多对一个女人来讲，比长途跋涉还难以忍受的痛苦。她愣在那儿。

台下哄然大笑。

伊列娜不知所措。

结果打了起来。托尼抓起一个酒瓶，想照着伊列娜脸上砸过去。这个大家可不允许，结果大打起来了。满屋子女人的喊叫声，杯子的碎裂声。不过索尔特村的人并没怎么受伤，因为大家一齐揍托尼。只有玛格特的儿子手腕子扭伤了点儿，因为他一拳打出去，正好击在大理石面柜台上。

收场还不错。但第二天，伊列娜就不跟托尼走了。她留了下来，孤苦伶仃地坐在水井边，满脸眼泪纵横。后来不哭了，也不知在想什么心事呢，还是什么也没想，只是木然地瞧着泉眼里流出来的水。

正是割薰衣草的季节。中午，薰衣草商人加利诺的一帮雇工来到井边。他们是从山上下来歇晌避暑的。一看见这女人，那帮人找到了取乐的对象，一起围拢过来，七嘴八舌问长问短，直到其中有一个对她说："来，给你饭吃。"她向那人抬起无精打采的眼睛，站起来。但他们并没给她饭吃，而是把她像葫芦一样灌了一通酒，然后他们就玩弄她，把她拉到马戴尔家的牲口棚里，一个人随她进去，其他人挤在门口大笑。过后，里边那个出来了，满脸通红，笑得比其他人还响，但是，看得出是装出来的笑。接着另一个进去，这样一一轮流。

是胖女主人玛丽·齐安东出来，才把这个女人从那帮人手里夺过来。她逐一与他们争夺，老实不客气地冲他们嚷道：

"啊！你们干的好事！啊！你们都不害臊！当心咧，瞧这小子，还有脸见人哟！谁敢来动动老娘我，看我不给他几个耳刮子！"

嚷过了，她就进牲口棚去找伊列娜小姐。那可怜的女人像一根绳子软瘫在地上，满身干草。玛丽对她说：

"进厨房去，孩子。爬起来。"

这是五年前的事儿了。

在村子里，大家都叫这女人阿苏尔。这名字叫起来比伊列娜更顺口。再说，伊列娜是城里人的名字，又是别人给瞎编派的，而阿苏尔则是本地人的名字。从那之后，阿苏尔就与热德米斯一块儿过，给他烧饭。

情况就是这样。

道路向坡上爬去，道旁两排梧桐树，拐过一道弯，就不再有房子。那些房子像是说声"再见"，就蹲在草地近缘不再往前了，目送小道向山野走去。两排梧桐树陪着小道还走得远一些，一直到半山腰。但到了那儿，它们也停住了，只剩下小道孤零零往前走去，它腰一扭，就翻过了山冈，说声"再见"，径直朝前走去。

在荫凉的地方还好，一到烈日底下，阿苏尔知道，热德米斯就会马上撂下皮带对她说：

"喂，你多使点劲吧，我得卷支烟。"

阿苏尔便多使点劲。打那儿起，整个在外边磨刀期间，这车子就得靠她一个人拉了。热德米斯只是在上陡坡时才会帮她一把。以后等十月份往回走时，一到第一棵梧桐树前的荫凉地带，到离那些房子还有十分钟路程的下坡道上时，热德米斯又会说：

"来，让我拉一会儿吧。"

这一切，阿苏尔都心中有数。还有，这小车也真够沉的。主要的首先是那台磨刀机，那是一个沉重的砂轮，即一块又厚又硬的大石头，加上一个木头架子。磨刀时，热德米斯蹬得砂轮转动，阿苏尔要扶住木头架子不让它振动，那真是死沉死沉的，但沉也得扶。小车上还有一件宽大的斗篷和一些食物。那些食物足够吃到有人家的地方，也就是够吃四天。这些东西当然不沉。

硗薄的菜地微微倾斜，只稀疏地生长着一些生菜、菠菜、葱蒜之类。这些地都在坡下，紧傍村缘屋舍，一块挤一块，有的甚至挤进屋舍的空隙间。

登上山梁时，听见风吹刺柏低沉而萧瑟的声音。那是一条小山谷对面坡顶传来的。山谷底光秃秃的，只有一棵老杨树。顺着一条用铁钎开凿出来的羊肠小道，向对面山坡爬去。山坡上没有草，只有几丛百里香、一片鼠尾草，上面有蜜蜂飞舞。脚下，滚动的石头在轰响。这样迂回地往上爬，再也见不到村子，再也见不到杨树。还要爬艰难的十步，全身的劲儿都得使上：肩头往前拽，大腿往前顶，脚往后蹬，脑子里喊着号子："再一步，再一步……"热德米斯也套在皮带上。爬完十步，回首来路，一排排参天刺柏横亘身后，而面前豁然平坦起来，这就是高原，瞧这高原！

平展得宛如一块打麦场的，是浮云般的草原。小径只不过似一条干涸的小溪。

目光所及之处，犹如一片阴沉的大海，上面是刺柏的波涛。刺柏，望不断的刺柏。一些大老鸹无声无息地从草丛里飞出来，被风卷了去。

热德米斯和阿苏尔孤寂地赶着路。风从磨刀机的木头架子间刮过，好似刮过船上的桅杆之间。

"咱们没走错吧？"

"没有。走吧。错不了。"

"瞧那儿是什么？"

"没什么，一棵树，一棵枯树。"

"你瞧准了？"

"哎！瞧准了，走吧。每次走到这儿，你总是害怕。你以为那是啥？一棵树，没别的。我说你只管走吧。"

突然间，他们走出了刺柏的海洋。一出刺柏林，眼前只有一望无际的草。前方的远处，一朵云停在草上。云朵向上移动，草和云之间开始露出窄窄的一线青天。云朵在低垂的天际移动着，在离地平线十来米高的天边，难以觉察地然而是急速地移动着。

云朵的影子在地上移动，宛如一只野兽。风吹草低，沙土扬起烟尘。云影移动着，似一只蹑足而行的野兽。阴影掠过头顶，沉重的肩上顿觉清凉。云影无声无息地移动着，飘过头顶，远去了。

"我跟你说别怕！"

"瞧，那是什么？"

"哪儿？"

"那儿，直立在草里边，黑黑的，好像还有两只胳膊。那是什么？"

"那，那还是一棵树。等一等，我怀疑咱们是不是走错了，这一带没有这么些树呀。可那的确是一棵枯树，不然会是什么呢？咱们的方向完全对头。看，咱们右边是谢纳里耶沙窝；左边，你看那儿，是长长的鹿儿山梁。我们前边是皮尔沙坎山嘴。对，走吧。那是一棵树。你也是，对什么都注意！"

现在他们行走在浩瀚的高原上。高原浩瀚无垠，空荡荡的。四方，苍穹透明的边陲贴在草上。

晌午时分，他们停下来打尖。阿苏尔将肩上的皮带卸下，把胳膊挥动两三下活动活动。热德米斯认出了这地方，很高兴。

"正是这条道儿。这就像人的脸庞一样，我不会认错的。"

他嘘了口气，接着说：

"咳！总算可以休息一会儿了，这风刮得我头都发胀了。"

他们将砂轮底下一只小箱子拖出来，先拿出一个又粗又短像只奶猪娃儿一样的面包，接着拿出一些小香肠、一大块切口上沾满碎纸的火腿，另外还有两罐沙丁鱼、三头大蒜。热德米斯先拿起蒜头吃起来。

他们坐在很深的草丛里。风从他们头顶猛烈地刮过，而他们身旁则既平静又舒适。在如此平坦广阔的高原上，阳光曝晒，狂风肆虐，只有坐在草丛里，才感到舒服，地面的热气扩散到腰上，草丛就像一张羊皮，既保温，又把人遮盖住。行走时情况恰恰相反，仿佛没穿衣服，抗不住风，而且似乎到处都有眼睛在看着你，有什么东西在窥伺着你。而坐在草丛里则很舒服，可以想别的事情，不必老是想着那一溜平的土地，想着擦着地面劲利刮过的风。

阿苏尔也吃了一些蒜。她的头高过草面，举目四顾苍穹底下辽阔的高原，那仿佛是另一个倒置的苍穹。她纵目高原边缘一座蓝如潭水的远山和无际无涯的滚滚草浪。她正眺望着，突然"啊！啊！"惊叫两声，张着一张含满面包和蒜头的嘴，愣住了。

"什么？"热德米斯问。

阿苏尔瞪大着双眼，直翻白眼珠儿。

"那儿！"

她用手指指。

"咳！那儿有什么嘛！"

"那儿有个东西'喔唷'一声露出了草面，接着'喔唷'一声又蹲下去了。"

"什么东西'喔唷'了一声，什么？"

热德米斯手里拿块香肠，没动窝儿，说着又补充一句：

"树！"

"树？你莫不是眼睛有毛病吧。"

"是树。就是打前晌起看见的那个黑东西，我们看见的有时是冲这边的一个枝桠，有时是冲另一边的一个枝桠。你都问过三四次了：'那是什么？'我也告诉你三四次了：'那是一棵树，走吧。'刚才叫喔唷的还是那棵树！

"其实是你眼睛看花了，蠢货。树怎么会叫喔唷呢？"

"是叫了，也许不是树吧？"

"那你想这上面还能有什么呢？"

"我不知道。反正肯定叫喔唷了，我没看花眼，看得清清楚楚的。"

"别胡说了。"

阿苏尔不再吭声，也不吃了，眼睛一直睁得铜铃般。热德米斯再吃了一点儿，抬头瞧见阿苏尔一动不动，便说：

"等着，我去瞧瞧。"他说着站起身。

热德米斯往草丛里走了几步，又转过身来说：

"你最好把刀递给我。"

于是，他手里攥把明晃晃的刀，踮起脚尖向前走去，左顾右盼，仿佛怕踩着蛇。

阿苏尔缩在草窝里，对他叫道：

"在那儿。"

她向他指指确切的地方。

热德米斯径直走到那地方，说：

"你尽胡思乱想。如果是指的这儿，这儿可什么也没有。"

不一会儿他回来了，仿佛有些不安，不时回头看一眼。

他将刀放回木箱，说：

"什么也没有，不过，要是待在这儿你觉得害怕，我们就走吧，饭没吃完，路上可以吃，晚上到三圣村再好好吃一顿。"

一起身上路，就得与风搏斗。风迎面刮来，以温暖的巨手堵住他们的嘴巴，似乎不准他们呼吸。他们已习惯了，像游泳的时候一样，将头略偏，让风从侧面灌进嘴里。这样走了相当远。虽是艰难，但还可以。走着走着，风又开始用指头抓他们的眼睛，甚至要把他们的衣服扒掉，热德米斯的裤子就差点儿给刮跑了。阿苏尔拉着车，身子是往前倾的，风就灌进她的胸衣，溜进乳房间，像一只手，往下一直溜到腹部，溜到大腿间。她的两条大腿全沐浴在风里，凉凉的，仿佛泡在澡盆里，腰和髋部也沐浴在风里。她感到风在抚弄着自己的肉体，凉中带温，像是有许多花瓣，搔得浑身痒痒的，仿佛有人拿了几把干草在抽打着自己。割草的季节常发生这样的事情，女人们就恼火这个。哎！是的，男人们都知道女人这个弱点。

突然之间，阿苏尔想起男人来了。有好一阵子，这风就像男人一样抚弄着她的身体。

热德米斯往前跨两步，赶到阿苏尔身旁问道：

"你没再看到什么？"

他似乎有些不安。

阿苏尔转过头，温柔、爱抚地看他一眼，答道：

"没有，没再看到什么。"

她的身子扭动着，像新酿成的醇浆在缸里翻动。

蓦地，浓重的夜色降临了。风已停止。仿佛一个西瓜咯嚓一声被切开后，四下里顿时寂静下来。

　　暮色追随着他们的脚步，前面三圣村的废墟已隐约可望，马上就要到了。

　　三圣村是蜷缩在高原中部的一个村子。过去有十来栋房屋，背靠背地一栋紧挨一栋，干草仓的门和正房的狼牙门都是冲外的，这样便于自卫。但到了这个地方，高原显得有些不一般了，光秃秃的浩瀚无垠，是那样、那样的平坦，都使你觉得有点儿受不了，突然渴望能看到一点儿什么东西耸入空中。这恰如梦境一般，使你的脑子都有点受不了，不由得捡起几颗石子向空中扔去，仅仅是想看到它们升高。

　　在一堆几乎完全坍塌的废墟中，热德米斯找到一座小小的干草仓，里边还颇温暖。他们打算在这里边过第一夜。要到达干草仓，必须跳过一道道断壁残垣，拨开蓬乱的无花果树枝。那些光秃、扭曲的树枝已沾上夜露，手摸在上边，像蛇一样冰凉。

　　小干草仓就在丛生的无花果树之中，好似一个地窖，因为后边坍塌下来的房子将窗子堵上了，前边坍塌下来的房子将门的下半部堵上了，必须猫着腰爬下去。进到里边倒是挺不错的。两个人将磨刀机推靠里壁，热德米斯嘘了一口气，说：

"嘿，到啦！还算运气。不管咋说，从索尔特到这儿，路程不近啊。再说，在高原上走，跟走大道可不一样。哎，阿苏尔，你怎么啦？"

阿苏尔的右臂完全麻木了。她摸摸肩上衬衣底下皮带勒出的一道印子，感到一阵疼痛。再没有风来抚弄自己，她顿感疲乏不堪。不过，她还在想着男人，似乎那风还在搔弄着她，张开大手直接抚摩着她的肉体。

"看看箱子里边，阿苏尔，我记得我搁了几支蜡烛的。"

只有那四方的小门洞，灰蒙蒙还有点儿发亮。门框上还有一叶门扉，小心地转动已老朽的轴，还勉强可以关上。门一关上，就把那昏沉、灰暗、混浊的夜空推在外边了。终于有了个栖息之所，蜡烛点燃了，橙黄的烛焰，宛如一颗枣儿在干草上跳动。

"我说呀，"热德米斯又开腔说，"今天走了不少路，又给风刮得筋疲力尽了，咱们开一罐沙丁鱼吧。管他三七二十一，先美餐一顿再说，还得好好喝上几口。中午在那儿动身时，就像有火在燎屁股一样。把水壶递给我，盛酒的那只。"

有两只各装两公斤左右的水壶，一只装的是酒，一只装的是水。水当然是用来掺酒的。

"别掺水了，你也一样。来，阿苏尔，把沙丁鱼罐头递给我。"

热德米斯一开罐头，油流满了几个指头，他忙吮干净。

"真鲜！"

阿苏尔预备了两份涂果酱的面包。正在这时，外边似乎有什么声音。他们俩本来早已不说话，只顾吃着，眼睛看着烛焰，各自想着心事。听到外边的声音，两人有好一阵儿都在心里说：又起风了。这样想着，他们又像晌午一样，嘴里塞满面包，静静地倾听着。

外边静悄悄的。

于是，他们又吃起来。热德米斯将目光从蜡烛上移开，看一眼门那边。

门扉四周隙缝里，连灰暗的光线也没有了，黑夜如磐，将门堵得严严的。

"还好吧？"热德米斯问。

"可以。"阿苏尔答道。

紧接着是好一阵儿寂静。刚才他们说说话，心情轻松得多。这寂静持续的时间越长，就比什么都令人难受。于是，他们又说起话来。

"再开一罐沙丁鱼好吗，阿苏尔？"

"你知道，一共只有两罐，才刚过第一天呢。"

是的，才刚过第一天。但他们似乎已在高原上过了好久好久，进入高原之前那段时间简直算不了什么。

"你知道我在想什么吗，阿苏尔？我在想，在生活中我们往往太傻了，有了好东西，总是要攒到明天。我是说地里出产的东西，可不是说沙丁鱼！沙丁鱼没什么，可以明天吃，反正明天也没多久了，尽管从现在到明天，随时都可能……我不是说我们，只不过随便说说。不过相信我吧，我们大部分时间都是蠢驴。说不定什么时候，什么东西就会落到你我头上，那就后悔莫及啦，连老底儿也会折掉……

"人事难料啊！"

四周一直静悄悄的，只有热德米斯在唠叨个没完。说说话他似乎轻松一些。阿苏尔一边听他说话，一边倾听着外边，因为刚才寂静中，的确有点儿什么东西不正常。他们不断说话也白搭，又不能阻止刚才发生的事情再发生。证据就是热德米斯心里也在嘀咕，不时往门那边看一眼。

"人事难料啊！我倒不在乎这个。不，只不过随便说说。但像我这样，一大把年纪了，还在这个异教区奔波……这倒也没什么，我在这儿跑已有三十多年了。我心中有谱儿，我不是孩子。有上百次的机会，我本来可以置一块地，不需要出门了，可以待在索尔特过安生日子……"

蜡烛已燃了一半，也不能通宵这样闲扯下去。一旦睡着，就会什么也听不见了。

"你累吗？阿苏尔，我们睡吧？"

临睡之前，热德米斯又走到门边听了听，然后将门打开一点儿，把头伸出去望一望。高原上空荡荡的，目光所及，只见白晃晃的一片；清朗的夜空，只有一轮明月，皎洁异常，宛如一枚巨大的银杏。

他们酣睡了好长时间，一方面因为过于劳累，另一方面因为再也不想听见、看见任何东西。

阿苏尔一入睡，对自己干的事情就一点儿也不知道了，而是身体在做着无意识的动作。她轻轻地靠近热德米斯，紧挨着他，贴着他的大腿，将他的大腿夹在自己两条大腿之间，乳头贴着他的脊背，酣睡着。他们俩这样睡了好长时间，突然惊醒了。

就在他们睡着的时候，事物发生了变化。高原、风、夜，一切都已有足够的时间酝酿变化，这种酝酿是充分的。此时，门底下明晃晃有一条四指宽的银条，那是月光。夜风早已起来，一阵紧似一阵，在整个高原上迅猛驰骋，长长地哼一声，仿佛要把整个天空吞噬下去。风中，刺柳发出折裂的声音，被刮断的柏树喀嚓作响，无花果树枝抽打着外边的墙壁，土石间的大树根在呜呜吼叫，各种声音交织成一片。但并不是这些声音把热德米斯和阿苏尔惊醒的，而是一种脚步声，一种衣服被撕裂的声音。

"你听见了吗？"

"听见了。"阿苏尔小声说。

"别动。"

那东西就在干草仓侧边，在摸外边的墙壁，把一块石头碰得跌落了。

"别动。"热德米斯又小声对阿苏尔说。阿苏尔一动不动。

脚步声正穿过无花果树丛，停了下来，那东西在解脱被树枝勾住的衣服。又响起了脚步声，一步紧似一步。热德米斯和阿苏尔一动不动。可不能弄得干草沙沙响。他们张着嘴，很长时间才悄悄地深深呼吸一口，不敢发出半点儿声息。他们必须像两个影子似的，默默地一动不动躺在黑暗里。必须这样，这可不是闹着玩的。猛然间，他们连气也不敢出了。

一个黑影把门下的月光完全遮住了。就在那儿，这回可是千真万确的，就在门前。门被擦了一下，接着是摸门板的声音。似乎有一只手在推门，看是否关得严。门关得很严实。顶住门的石头挪动了一点儿，吱地响了一下，尽管很轻微，但还是有一种力量在推门，那是来看一看，试探一下的……

黑影走了。月光又像水一般从门底下流进来，明晃晃的。

热德米斯和阿苏尔还等了好长时间，一句话也不敢说，一动也不敢动，一直像两个影子。他们的眼睛瞪得老大，盯着门底下那条月光，因为从那儿可以看出那东西是不是又来了。

再也没发现什么东西，但闻风声大作。

又过了更长时间，热德米斯才敢翻转身，面冲着阿苏尔，与她头对头，嘴对嘴。他问：

"你看见了吗？"

"看见了。"

"告诉你吧，今天上午在高原上，我去发出'喔唷'那个地方看时，那儿的草像被野兽或被别的什么东西压倒在地上，我走过去时，草正在立起来，但走拢时，草已是齐崭崭的了。唔，你看见了，这回是有个什么东西在跟着咱们。"

热德米斯打开门，天已大亮。

"阿苏尔，这样一个地方怎会叫咱们出事儿呢？你看多美啊！"

四野碧油油的，大地和天空都碧油油的。西边，蓝天上飘着一朵云彩。朝阳正冉冉升起，一半还掩藏在草丛里。晨风似一匹马驹在草地上打滚，将草上的露珠簌簌摇落。一群麻雀从草丛间嗖的一声飞向空中，在风中搏斗一阵，像是喝醉了酒，叽叽喳喳叫个不停，然后像一把石子，又散落在草丛里。

"嘿！咱俩真像两个勇士。"

热德米斯和阿苏尔把磨刀机推出来。机器放在四个轱辘的车上，停在一条笔直的小道上准备出发。阿苏尔将皮带套在肩上。明朗的晨空宛如一个崭新的大银盘。

"咱们只管向着太阳走去，两个钟头就到潘普雷奈尔。从那儿到老鸹窝还得三小时。不过咱们赶了个大清早，路上吃一顿午饭，睡一个午觉补足昨夜没睡着的时间，满打满算，天黑前一定可以到老鸹窝。满打满算……"

但热德米斯并未一一算下去，他们就上路了。

约莫小晌时分，热德米斯回头一望，三圣村就像一堆冷却的灰烬，掩映在荒野之中。再走一会儿，他又回头望去，三圣村已看不见了，那儿只剩一片蓝天；往前望去，也是蓝天，前后左右都是蓝天。脚下是多孔的沙地，像踩在地窖顶上笃笃作响。四周见不到草，只有一丛丛匍匐生长的刺柏。热德米斯和阿苏尔此时已行走在高原中部，就仿佛在大海上航行。

阿苏尔停住脚步说：

"刚才又叫了一声'喔唷'。在前边……"

热德米斯挠着头问：

"远吗？"

"不远，就在前边。"

前边是一片平展的草。

"听我说，"热德米斯道，"我们往右绕点路吧。"

于是，他们离开小道，踏着人迹罕至的地方向前走去。天紧贴着地面，仿佛必须用头将天地拱开，才能通过。

天亮时，热德米斯和阿苏尔灰头土脸，像两只没毛的鸟儿，依偎着躺在一个草窝里。当晨曦洒在他们身上，两个人抬起头和通宵未眠的双眼，才明白自己是躺在什么地方。高原上，薄雾似烟，悠忽升腾。

"我知道咱们在什么地方啦，"热德米斯说，"快到奥比涅纳了。不错，阿苏尔。再过去就到瓦舍尔了，不错啊。"

看到初升的太阳，他们重新振作了精神，这才爬起来。阿苏尔将胳膊伸进皮带，他们又出发了。热德米斯知道，前边高原突然折断处，就是奥比涅纳，那儿有好几栋房子，一条山沟，有树有水，真是个不错的地方。

清晨天气就很热。东方的天际像一个敞开的炉膛。左边没有草。高原略略倾斜，被风刮来的沙子堆积在斜坡上。

阿苏尔像一头驴子拉着车子，腰和臀部拼命地扭动着。

她的肌肉剧烈地扭动，血液急速地奔流，令人觉得是上帝罚她在做苦役。她的两个乳头仍然鼓胀得像两颗树芽。她将衬衫提一提，因为它摩擦着乳头，使她浑身酥软。热德米斯汗流浃背，阿苏尔翕动鼻子嗅着，想更好地闻到他的汗味。阿苏尔自己也汗流浃背，她把头埋到胳肢窝下，去闻自己的汗味，心里暗暗叫道："妈呀，妈呀！"像是被什么东西吓坏了。

奥比涅纳与高原颜色一样，不到跟前发现不了它，及至发现时，已到村边。

"我曾打这里路过一趟，那时这里还住着几个人，其中有让·勃朗，住在教堂土坪边，我们去看看他吧。"

教堂土坪上一片荒草。让·勃朗家的门被钉死了。

"后面街上还有个叫保罗·苏拜兰的，还有个开杂货铺的奥齐亚·博内。"

这两家之中，有一家的门敞开着，里边黑洞洞的，脚一踏上门槛，屋里便像一个岩洞般发出嗡嗡的回声。很明显，这座房子只剩个空架子了。待到眼睛习惯了黑暗，才发现里壁上仿佛有一棵金树，那是后墙从地基到墙顶裂了一条缝。

"还有个叫庞图尔的，母子两个。不过，他们住在村外。你看，就在下面那棵柏树旁边。走，我们下去。”

那座房子的门也关着。然而屋前有一个劈木柴用的木头墩子，上面有斧痕，旁边杂草里有木屑；一条小径直通到门槛下，看上去像常有人走。柏树的一个枝桠上，挂着一条蓝色的羊毛腰带，被风吹得摇来晃去，但仔细一看，已经破旧了。

“喂！有人吗？”热德米斯叫道。

叫过之后，他对阿苏尔说：

“这一位离开才不久。”

房前长着嫩绿的草。那棵柏树就像是为发出柔和悦耳的声音而栽种的。屋檐瓦楞下，一窝蜂在嗡嗡飞舞。另外，简直像奇迹般令人难以相信自己的眼睛，地上居然有一株开花的紫丁香。

“歇一歇吧，阿苏尔，歇一歇吧。”

热德米斯往地上一躺，像狗一样伸着懒腰说：

“简直困死了。”

不，阿苏尔不用。她有一种迫切的需要，像一股冲决一切的洪流。她的心就像一块正在融化的土坷垃。她坐在草丛里，两腿之间有几朵雏菊，仿佛觉得自己只剩下一个空空的皮囊，只听见心里那股带刺激的洪流，烈火般呼呼作响。

她解开胸衣，将两个又硬又烫的乳房掏出来，一只手捧住一个……

正在这时，她发现白色的门槛上有一摊黏稠的血，宛如一朵牡丹花。

四

庞图尔从干草上拿起一只去年秋天的苹果。苹果冰凉，皮是青的，他将它放在手心里捏一会儿，又放进嘴里含一会儿，使它温热了，朝上面吹一口，再一口咬下去。

他坐在门前。玛迈什走后，天气渐渐变暖了。在这个角落里，一株小小的紫丁香正含苞欲放。平原的风吹来了一只嗡嗡乱飞的大蜜蜂，它在瓦楞间侦察，但肯定活不长，来得早了几天。

庞图尔出门去窥伺狐狸。那得一声不响，尽量少动作，潜伏在山林里，侧耳倾听，要是窥伺者懂得分辨空气中的各种声音，就能发现狐狸正躺在附近，或正从某地向某地走去，或正在寻觅鹌鹑、追捕小竹鸡。于是他就设下陷阱，像做游戏似的。

在窥伺狐狸时，庞图尔遇到了风，一种强劲的、全速刮来的风，自由的、软脂般的风，席卷着整个山区。看着如此刮来的风，庞图尔自言自语地说：

"这样的风，才像个男子汉大丈夫哩！"

庞图尔不大清楚这风是怎么刮起来的。他趴在草丛里窥伺着狐狸，渐渐地走了神，在想旁的事情了。不过，他趴的地方是一个向南的孤立的土包，任何气流都得经过那儿。现在，那浩浩长风，一阵又一阵，有力地扑在他身上，然后刮将过去，庞图尔的耳边只有呼啦啦的风声。他俯卧在那儿，风袭在他背上，仿佛挤压着一块海绵。他要窥伺的狐狸的走动声和尖叫声，仿佛顺着他的身体钻进草丛，被地面吸收了；他所想的那些事情，他体内那股带刺激的暖流，也流进草丛，被地面吸收了。

他仿佛一下子只剩下一个空空的躯壳。

风扑在他身上，好似用手指敲着一个木桶，看看里边还有没有液汁。一点儿液汁也没有。庞图尔在风的手指的敲击下，像一个空桶震响着。

天快黑时他才回家，压根儿没见到狐狸。

他发现天快黑了，因为正走之间，昂首向风，他瞥见最后一抹残阳已溜过教堂钟楼上的小窗。他觉得自己从头至脚身轻如洗，犹如一条被单被刷洗得干干净净。他通身泛白，焕然一新，怀着一颗纯洁无瑕的心，向尘世间走去。

不过，第二天庞图尔听到了狐狸的声音。这完全是习惯，是一种本能的感觉。声音来自瓦尔加，接着到了绍姆–巴塔尔。就是说，狐狸正在那个草木蓁蓁的山窝里，打某处乱石堆里经过。这回成了。套圈是很好的钢丝，它喀嚓一声，就像一个老工匠，将钳子啪地一夹；弹簧又是用野兔腐烂的肠子涂抹过的，万无一失。

庞图尔连忙站起身。他望见溪边那株山楂，鲜嫩碧绿，开满了花，摇曳着。庞图尔正望着那株山楂，蓦地一团带叫声的羽毛撞在他胸前，散开跌落在地上，又从草丛里弹射出来：原来是两只麻雀。

"嘿！小家伙，眼瞎啦？"

这时，风儿伸出温暖的手臂，搂住他的腰，带着他向前跑去。庞图尔心想，这时去设陷阱实在太好了。可不？他就像跟着一个朋友出去散步哩！

卡洛利纳咩咩地叫唤着。那再也不是老母山羊的叫声，而是小山羊那种柔和、颤抖的轻声呼唤。羊儿东张西望，抱屈似的叫唤着，走到柏树和山楂树前躺下，伸嘴将紫丁香才开的一朵花吃了。今天早晨，它的奶头才挤出两三滴黄黄的奶水，还沾在毛上没滴下来。庞图尔继续用手指挤压，卡洛利纳一蹦挣脱开，跑去卧在小窗下。小窗间春风习习。

碗空空的。

"怎么，卡洛利纳，怎么，没有了？"

羊儿颤抖着向主人走过来，将瘦骨嶙峋的头贴近主人的头，轻轻地摩擦着，咩咩地叫着。

"怎么啦，卡洛利纳，怎么啦！"庞图尔喃喃地说。

阳光一越过山冈，就洒在那株山楂树上。树的枝叶间一只黄莺在歌唱，仿佛是树本身在歌唱。

溪边那一小片草摆动起来，但并没刮风。庞图尔发现不对头，抬眼看去，见是一条水蛇，鲜嫩的皮鳞闪闪发光，正在草丛里爬行。爬到草地尽头，那条蛇又转身往回爬。看来它倒蛮清闲哩，只顾在嫩绿的草丛里爬来爬去。房檐下，宛如风扬起的一把麦糠，一小群飞舞的蜜蜂，正在瓦楞间寻找地方结巢。

晌午时分，又跑来一条陌生的大狗。林子边缘被蹚开一个口子，那条狗探出身子，停在草地边上，不敢再前进。它瘦骨嶙峋，像一把干葡萄藤，迎风张着血红的嘴。它溜到溪边饮水，喝一口，抬头看一眼庞图尔，又喝起来。只听见大口大口的水顺着它的喉咙咕噜噜灌下去，连风一起积聚在它皮包骨的体内。突然，那条狗大概闻到了什么气味，便猛追而去。

大地上常有一些笨重的野兽走过，踏得杂草在脚下呻吟。大地似乎特别喜欢这个。

野兽都是笨重的。也有不少身轻体瘦的，行走时蹦跳着，那是雄的，但尤其有许多笨重的，身子鼓胀着，慢腾腾地穿过林间空地，在灌木丛中觅食，在橡树下和枯枝败叶里拱来拱去。

那些笨重的野兽，庞图尔碰到时，总是停住脚步，一动不动地盯住它们。它们吃力地匆匆向隐蔽的地方走去，潜伏在里边，粗粗地喘着气，目光颤抖着，宛如在风中摇曳的两朵野花儿。

"这是雌的。"

庞图尔便不再惊动它们，因为他是猎人，那些雌兽肚子里怀的小兽，是他的储备物。

"大地特别喜欢它们哩！"

庞图尔有些不安和酸楚，突然发现自己是孤零零一个人，卡洛利纳再也没有奶了。

"得找只公羊来。"

这天夜里，庞图尔做了一个梦。那梦使他在床上辗转反侧，像是有人在胳肢着他的肘窝儿，感到很难受。

入睡之前，他想到自己的孤独处境，想到戈贝尔和玛迈什在时的光景。然后他又火辣辣想到玛迈什本人。要是她更年轻……这样想真荒唐。但同样荒唐的是：这人世间，从太阳到小草，一切都与他过不去；这春天，在他体内注入了一种狂乱的力量，一直像烈火上的开水滚沸着……要是玛迈什还没走，他会等到天亮。啊，是的，他会等到天亮，因为他领悟到了自己的需要，而这夜晚太难熬了，不知道自己在做些什么动作。等到天一亮，他就会去对玛迈什说：

"既然你想给我找个女人来，既然你知道愿意来的女人在哪儿，就去吧。"

但他再仔细一想，玛迈什的出走，也许正是为了这个。她拿定了主意，是不会轻易放弃的。

有人叩门。

庞图尔跳起来就去开门。迎面是阒无一人的黑夜。

他复躺下。一入睡，仿佛已得到自己思念的女人，就躺在自己身旁，白嫩的肌肤，从膝盖到胸脯，紧贴着他。他一下子醒了，像一段沉入水底的木头，又浮了上来，原来自己是俯卧着。他忙翻身仰卧。

一翻身，梦境又攫住了他。这回梦来得更悄然，更遥远，但又攫住了他。那是城里屠宰场后边的一所房子，他当兵的时候常去，每次跟炮手们交锋时，就跑到那里去。路上要经过一座小桥，桥下是一条肮脏的小溪，死水上漂浮着一层残毛碎肉。水是乌黑的，水面却似五颜六色的绸缎，上边什么都有，腐臭的牛下水啦，剥了皮的牛脚啦，等等。那些牛脚硬撅撅的，鼓胀的蹄子像人头一样。

庞图尔像一条鱼在卧褥上一跃，醒来了。他走到窗前，外边一片皎洁的月色。他伫立月前，心里说不出的滋味。月光漫进来，一直洒到灶膛边。

一头野兽到房前草地上玩耍来了。那可能是一只雌獾，仰卧在草地上，肚皮朝天。那宽大的肚皮，毛茸茸的，与夜色一般黑，鼓鼓囊囊，沉甸甸的。

早晨，庞图尔又一次挤卡洛利纳的奶。那奶头捏在手里，像只死了的小动物，连黄黄的奶水也没挤出一滴就完了。

庞图尔照准羊的胁间就是一拳。羊吓了一跳，将腰部一收缩，闪过第二拳。庞图尔揍了羊，这又何苦呢?

他需要再抡拳揍下去。他想揍的不是羊儿卡洛利纳，面前要是一个人，他准会再揍下去。那会使他心里畅快，因为不发泄一下，他那颗已似山楂花怒放的心，实在憋得难受。

　　上午，庞图尔把那只狐狸逮着了，是一只年岁不大的狐狸，刚刚落入陷阱。那狐狸可能正要去叼诱饵，但知道有陷阱，又不敢下嘴，忽然听到庞图尔的脚步声，便慌慌张张一口咬下去，陷阱的夹子喀嚓一响，就夹住了它的颈子。狐狸已死，一根钢针穿透了它的脖子，毛里边还是温热的，因为吞食了诱饵而沉甸甸的。庞图尔将狐狸取下来，用手指蘸点儿血看了看，心里很不平静。他拎着狐狸的两条后腿，一只手拎一条，猛地双手使劲一攒，随后双臂往两边一分，狐狸的骨头喀嚓一声，便顺着脊梁直至胸部被撕成了两半，露出一嘟噜胀胀的肚肠，散发出一股粪便般温热的膻腥味儿。

　　庞图尔眼前顿时现出一道道炫目的光圈。

　　他不由得将眼睛闭上。

　　他闭着眼睛，将大手伸进那畜生的腹腔，在那血糊糊、软绵绵的内脏里摸来摸去。内脏挤压着他的手指。

　　黏液似葡萄汁飞溅而出。

　　庞图尔心里痛快得直哼哧。

　　庞图尔回到家里。那只开了膛的狐狸，像一张嘴温热着他的拳头。

他将狐狸挂在门框上准备剥皮，两手直到腕部血淋淋的，甚至有一缕鲜血一边流一边凝固，一直流到胳膊上的汗毛里。门口的台阶上也滴了一些血。庞图尔将尖刀往狐狸皮上一按，刀尖停了停，接着嘶地一下捅了进去。必须收住刀，不能捅得太深。

感到刀子捅进去时，心里何等痛快！

这本来会是一只母狐狸。

肚子里会有好几只雪白的核桃般大小的胎儿，一串胎儿！

昨夜在清泉般的月光下，晃动着沉甸甸的肚皮的，也可能是一只母獾。

"我这想到哪儿去啦，我都有点儿疯了，咳！"庞图尔自言自语道。

风儿溜进他的裤子，抚弄着他的皮肤，蜷曲着，抖动着，宛如一条水蛇。那一嘟噜肚肠垂在草丛里，正好在那株芬芳的丁香树下。

庞图尔像掏口袋一样在狐狸腹腔内掏着。他的手指压破了一个沉甸甸、黏糊糊的东西，像一个熟透的果子，发出一股酸涩的气味，与山楂的味儿一样，那是肝胆，绿色的胆汁溅在他的大拇指上……

突然之间，他被召回到人世间。仿佛一只手猛地一把抓住他的领子，使他怔怔地立定在我们这个人世间的奥比涅纳，正对着自己的家门口，像一个卑鄙小人，在剥一只狐狸。

原来，村子的小径传来一阵脚步声。庞图尔再仔细一听，的确是踏着石子的脚步声。

是玛迈什？

不对。是一个男人的声音，还有一个女人的声音在答话。第二个声音使庞图尔心头一愣，想到自己双手在血泊中摸过，不禁脸上热辣辣一阵羞愧。

他将狐狸取下来，忙进到屋里，轻轻把门关上，插上粗大的门栓。

听不到声音了，庞图尔知道来的两个人已躺在草地上，便弯腰脱掉鞋子，赤足走到门边。是的，他们躺在那儿。

想看清楚吗？……到阁楼上去……

庞图尔蹑足爬上楼梯，伸开双臂保持身体的平衡。老虎窗紧贴着楼板，他趴下来，向窗前爬去。

他看见他们了，看见了那个女人。

他自己在暗处，那两个人在明处，跟打猎时的情形一样。

那个女人好年轻！

庞图尔再也顾不得发出响声，一蹿站起来，箭步奔向楼梯，因为外边那个女人解开了胸衣，两只手正捧着乳房哩。

庞图尔撞在面缸上，一骨碌摔倒在地。

"……他娘的！"

他给自己宽阔的、木头般的胸膛上狠狠一拳，一跃爬起来，脑袋又撞在房顶上，嘴里像嚼了一大口山楂花，酸溜溜的，他啐了一口。黑暗的楼梯上金星飞舞，在眼前晃动，变成一片红色。庞图尔扑进那一片飞舞的金星里，弯曲着膝、腰和肘头并用，踉跄着连滑带跳，随着自身重量的冲劲，滚下楼来。

他大跃两步，把铁锅也踢翻了……

嗬！他的手真长，老远就抓住了门闩，用一个指头使劲将铁闩一抠，砰的一声把门打开……人影儿也没有！

房前，立着那棵柏树和花儿被卡洛利纳啃了一半的丁香；檐下，蜜蜂在上下飞舞；坡上，一阵微风掠过钟楼。

庞图尔像受惊的野猪，仰鼻使劲地嗅着，空气哧溜一声流进他洞张的鼻孔里。

他的胸脯鼓得老高。他照准上边又是狠狠一拳。

不过，那儿，草地上有个圆圆的印痕，一个窝儿……那女人刚才就坐在那里。这再也不是昨天夜里的梦了。

山径上，一根树枝在左右摇摆；如果是风吹的，该是上下摆动的。

石头骨碌滚动的声音。

树枝的摆动，石头的滚落，向庞图尔指明了方向……

他们是打那儿跑了……

好哇！

往那儿跑的不打紧。他们只能跑到普兰塔德，再从普兰塔德跑到穆里埃尔，过了穆里埃尔，必须经过戈迪萨溪瀑布下的苏拜兰山窝。

好哇！

庞图尔张开嘴，痛痛快快吸一口甘美的空气。尾随上去吗？不。他胸有成竹。

天太明亮了。这光天化日恰好保护着那一男一女。在这光天化日下，除了说人话，还有什么法子呢？可是这种事，庞图尔又不会用人的语言表达，而且他体内那股冲动的力量太强烈了，需要像野兽一样行动。

他回到屋里，穿上鞋，操起那把剥狐狸的刀，来到柏树下，又吸两三口空气，然后踏着春天的道儿出发了。

一点儿不错！

看，这就是那女人走过的小径。她正沿着这条羊肠小道奔跑哩，草间的道儿还在抖动。庞图尔咧着大嘴不出声地笑了。那是猎人的笑。他笑，是因为从这空气和地面，他能够觉察出追捕对象的行踪。这条羊肠小道也使他发笑：它在山冈间蜿蜒而去，恰似一条鞭子的鞭绳，而鞭把儿则攥在他庞图尔手里，只需啪地一鞭甩去，腕子猛地一提，他就可以把两米外的一朵鲜花摘到手。这条羊肠小道犹如一根鞭子，只是更大。

这使庞图尔发笑，笑得涎水也淌了出来。他用带干血的手背一抹，抹了满嘴狐狸血。

春天像一只猫儿蜷伏在庞图尔肩上。

戈迪萨溪在一片匍匐的草上流淌好一会儿，然后撞入乱石间，变得湍急起来。它劈开巨石，跌入峡谷，在幽暗的谷底发出低沉的轰鸣。这峡谷有如它的巢穴。有时，它在两岸嶙峋的石头间伸着懒腰；有时，它变得黑魆魆的，只看得见它草绿色的眼睛闪烁着，窥伺着。

庞图尔对此地了如指掌。即使在那阴暗的要隘处，他伸脚踏住该踏的石头，伸手抓住该抓的树根，背往湿漉漉的石壁上一贴，就过去了。

庞图尔抄的是一条近道。

隘口的另一端，一角天空似一个铁锞子，嵌进山峦间。眼前开始亮起来。戈迪萨溪宛如在一个光溜溜的石槽里，急速地流淌。它在石槽中延伸着，舒张着，被一道道晶莹发亮的巨大石埂所割裂。那些石埂在阴暗的地方箭一般直插出来，在明亮的地方却是弯曲的。这条小溪像是被人撑长的，现在似乎还有一个人在高原上拽着它的尾，另一个人在平原上拽住它的头，如同剥水蛇一样。山溪渐渐流到向阳处，变成锦缎也似，软绵绵，光闪闪，被山风和气流激荡着，最后倾下山坡，宛如晾在坡上的一匹素练。

溪水之所以如此澄澈，这是因为：冲刷泥沙的戈迪萨并没从高原上夹带下多少泥沙，而是在四十米的高处倾向高原的侧面，从那儿飞腾下来。

它经过三道光溜溜的悬崖，在软如坐垫的苔藓间，分三步腾跃下来。起初只像孩子般那么一跃，接着腾地而起，越过巉岩，化作六米厚的一片水雾，飞泻而下，弹簧般坠落在溪身上，再滚滚流下一道二十米高的斜坡，最后似离弦的箭，腾空跃下苏拜兰山窝，跌入一个深潭里；潭水沛然，有如鼓声咚咚。

下边，那条小径绕过深潭，从三块平滑的石头上跨过山溪，钻过茂密的野草，蜿蜒而去。

庞图尔在溪流入谷的豁口上，即刚好在戈迪萨瀑布上边停下来，潜伏在一棵松树下，从那儿，他可以瞭望树林边缘，只要那对男女一出林子，他的目光就可以追踪他们。等了好久，那种欲望在他心间膨胀起来，充斥了他的心身，压倒了一切人性。他只不过像一头雄性动物，潜伏在草丛里，眼睛一眨不眨地盯着树林边缘。但那下边连人影也没见到，只有两只小喜鹊在学习飞翔，尾巴上的羽毛扇子般张开，像两个皮球滚落在枯草丛里。

这回庞图尔没有发笑，而是将嘴巴一翘，仰鼻嗅一嗅，啐口唾沫，然后运动四肢，爬到溪边。

那棵松树倾斜在水面，被风和水扑打着，树干表皮长满苔藓。庞图尔抱住滑溜溜的树干，剪着双膝向上攀缘，交替伸出两只大手去抓树枝，双臂绷得紧紧的，腰部贴着树干向上滑动，十指沾满了松脂。他的头脑里没有任何思想，只有风和那种欲望在呼呼作响。

他像一头野兽，蜷缩着骑在一根腾空的长枝桠上。从那儿瞭望得很清楚。突然，他发现枝桠发出了折裂声，不由得颤抖起来，肌肤底下的筋骨绷得嘎吱作响，好似从井底往上提水的长绳子。

并没出事儿。

枝桠发出了折裂声，但庞图尔的整个身体还压在上边，藏在树叶里。

突然，枝桠发出长长的呻吟，向下坠去。庞图尔以动物的本能，腰一蹿，伸手攀住上面一根树枝，但那根树枝飞一般坠落了下去。

庞图尔感到背部被一只冰凉的手猛击了一掌，瞥见溪流伸出长长的、雪白的指头来抓他。

刹那间，水往后一闪，立即又漫过来，深深的、滑溜溜的水流一下子将他淹没了。他足蹬手划，但水流裹着他的腰，猛扑他的鼻子，压得他双肩触到了溪底平滑的石头。

庞图尔的腰往上一拱，双臂使劲一划，鱼儿般奋力跃出水面。一个水浪像坚硬的石头扑在他的嘴上。他咕噜噜喝了满肚子水，漂在水面的躯体变得沉重了。他向岸边一探手，五指抠进泥土里。但那是腐殖泥土，手一抠就哗的一声崩塌下来，带着灯芯草根向四周飞溅。

流水死死裹住他的腰，一个浪头将他冲离岸边，席卷着他，把他从悬崖边缘抛将下去。

他像一只癞蛤蟆，腹部着地，跌落在第一级悬崖下。立即，他又开始搏斗起来，但实际上只是缓慢地运动着四肢，像在胶水里缓缓运动着。而水流则愤怒地溅着浪花，以双倍的力量冲击着他的手臂和腿。

他一会儿灌进一口风，一会儿灌进一口水。但这都不打紧，因为水里面闪动着一张巨大的女人的脸，咧嘴笑着，露出两颗尖尖的门牙。

庞图尔像一个包裹，又从台子边缘被抛将下去。

他滚落在第二级悬崖下，再也没有挣扎。他连同水、青苔一道滚落下来，眼前晃动着那座兵营以及门口似花朵一般的腐肉。那些血的花朵，脓的花朵，爬满了苍蝇，在他的脑子里不断扩大。

他眼前飞舞着一些金色的苍蝇。

水流仿佛抓起一把冰冷的肠子，堵住了他的嘴。

最后，他从高高的悬崖上跌入潭里。

庞图尔苏醒过来已有一会儿，但仍闭着眼睛。

朦胧中传来一个巨大而柔和的声音和一股清新的凉意。那是几棵杨树在齐声喧哗，庞图尔想："这是风。"就是从这时起，他苏醒过来了。

从流进鼻孔的空气的味儿，他辨别出现在是夜晚。于是，他睁开眼，但没想到有月光。明亮的月光像一把刀子，刺进他的眼里。他赶紧将眼闭上。不过，就那么一晃眼，他已看清自己的头是在草丛里。他在这儿干什么？好大一会儿，他心里反复这样问着。过后，他感觉到自己嘴里有一股味儿。那是泥水和苔藓混合的味儿。他缓缓动了动舌头和颌骨，似乎要咀嚼一下这味儿，看看是否能从中回忆起一点儿什么。牙缝间一些细小的沙粒儿咯吱作响。

过了一会儿，庞图尔发现自己是俯卧在一块冰凉的石头上，这使他很吃惊：平常他从来不这么躺的，因为这会引起肚子疼。

他嘴里的确是沙粒。不一会儿，由于感觉渐渐恢复，他听到风中隐约有飞瀑的声音，就一切全明白了。他记起自己滚落的情景，记起那根松枝，看见自己像一只猴子，还悬挂在上面。他觉得肩头一阵作疼，叹了口气，长长地叹了口气。他将眼睛微微睁开，想看看自己是否真的在草地上，是否真的在岸上。

不错，是在岸上。他放心一些了，看见皎洁的月色里，有一棵杨树婆娑的影子。

他想：

"我这么趴下去会招来苦头的。"于是，他想翻转身；一下子就翻过来了。月亮将洁白的纤指搁在他的眼皮上。他身旁有一个声音在说：

"他动了。"

庞图尔再也顾不得月光，霍地睁开眼睛，抬头看去，面前仿佛就是那个女人。

真的是她。

她坐在那儿，坐在庞图尔旁边的草地里，正看着庞图尔。那女人刚才还说话来着。但没人搭腔。

"怎么，好点儿了吗？"那女人问。

猛然间，庞图尔似乎没听懂，过一会儿才答道：

"好些了，是的。你呢？"

"我，我真担心呢。我睡不着。就过来看看你怎么样了，恰好你正在翻身。于是我想：你好些了。这一下我心上一块石头落了地。"

那女人沐浴在月光里，庞图尔看得一清二楚：她瘦削苍白的脸庞，像个大萝卜，几乎没有下巴；长长的鼻子像颗光滑的石子，两个杏仁眼，圆溜溜的，似天鹅绒般柔和，闪烁着光辉；嘴唇略显鼓囊，那是因为笑时就突出来的那两颗门牙的关系。这就是最美的人儿！

"你真是好样儿的，"庞图尔说，"是你把我拉到草地上来的吧？"

他说着啐了一口，想把嘴里的沙子和山泉味儿吐掉。

那女人在草里双膝着地，挪动到庞图尔身旁。

"我挪近一点儿吧，免得吵醒他。是的，是我把你拉上来的，就像拉木头一样。我们看见山溪的瀑布悬挂在眼前，便停下来观看，突然发现一段粗木头从瀑布上跌落下来，又像是一包衣服。

"他说：'谁家的衣服给水冲下来的。'我对他说：'对，衣服……那是个人！'他说：'啊，什么？一个人？'

"我一眼就看清楚了，又对他说一遍：'是一个人！'

"当时你正好从上边滚下来，直挺挺地被上头跌落下来的水淹没了。我们赶紧跑过来。你直挺挺的，在水底漂着像一条鱼。一个浪头把你推到岸边，他跟我就把你拉到草地上来了。他对我说：'他没死，会醒转过来的。'我们等了一会儿，你没醒转过来，他就对我说：'现在是夜晚，我们在这儿睡或到别的地方去睡都没关系。只是应该离瀑布远一点儿，因为这儿太潮湿，像下雨一样。'我们就来到这儿，是从草地上把你拖过来的，因为你很沉，他是个老头儿，而我呢，说实在的又是个女人。你看，草地上还有一条印儿哩。"

是的，草地上压出了一条宽宽的道儿，庞图尔就像一辆坦克，停在道儿尽头。

"让你费了好大的劲儿吧？"庞图尔问。

"是的，当然，你很沉……"

那女人接着说：

"……你很沉，我们拽着你的胳膊，让你的腿拖在地上，后来又给你生了堆火。你感觉得出来吧。"

庞图尔闻到烧焦的百里香和橡树根的味儿，耳边又响起那女人的声音：

"我们想把你身上烤干。后来，你开始呼吸了，他便对我说：'让他在这儿，我们去睡吧。'他很快就睡着了，我睡不着，就跑过来看你怎样了，你正好动了。情况就是这样。"

这样直挺挺躺在一个女人面前，庞图尔觉得未免有些不检点。他想坐起来，觉得肩头和腰部一阵作疼。过了一会儿，发觉疼得并不厉害，他便坐了起来。

"唔！我觉得好些了，"庞图尔说，"坐着更舒服。"

那女人比庞图尔矮小。庞图尔俯首注视着她，而她则仰起那张瘦削的脸。

那女人满身披着月光。

她问庞图尔：

"咳！看你落成了这个样子。你是附近的，还是像我们一样，从远方来的？"

"我是本地人。"

"就是这儿的？"

"不完全是，而是左边一点儿的。你看，那儿的。"庞图尔辨清了那个黑魆魆的山头，用手一指说：

"那儿的，奥比涅纳的。"

"奥比涅纳的？好奇怪，那儿没有人了啊。"

"不，还有我。你们白天就是在我家门前。"

"啊！就是门口有血的那一家？"

那女人不由得往草丛里，往草丛的阴影里退去，两手死死抓住膝盖，嘴里喃喃地说：

"那门口有血，我们以为出了不幸的事情，我们跑了……"

寂静中，猛地卷过一阵风，饱含着山楂花的芳香。

"我当时正在剥一只狐狸。"庞图尔说。

"哦，是吗？"

"是的。"

"一个人孤单无伴时，"庞图尔沉默了一阵终于说，"就很坏，就变得很坏。我以前可不是这样的……大概是剩下一个人以后才这样的。这与天气也有关系，这天气一变暖和，我就觉得有点儿那个。没有这天气，我本来不会是这样的。"

那女人打量一下他，说：

"对，你不像是那样的人。"

庞图尔浑身一阵战栗。

"你觉得冷？"

"不，是这湿衣服沾在身上。"

庞图尔还想说什么，欲言又止，过了一会儿，似乎觉得自己的想法是理所当然的，又补充说：

"我想把自己脱光，那样舒服些。"

那女人点点头："嗯，对！你脱吧。"

她立刻又补充一句：

"当心别着凉。"

于是，庞图尔像扒皮一样，将自己的外衣、裤子和衬衫统统扒下来，只剩下毛茸茸、赤条条的身子。

他往草地里一躺，说：

"这草很暖和，你摸……"

那女人摸了摸他躺的那片草说：

"是的。"

她还碰了碰庞图尔的肌肉，那还有点儿凉。

"你不冷吗？"

"呵！我习惯了。这天气暖和，草又好，空气新鲜，再说，我的身体很快就会发热的。你摸，已经热了。"

庞图尔说着拉过女人的手，贴在自己胸上，那儿像有一只野兽在颤抖。

那女人感到庞图尔的胸脯剧烈起伏着，胸上的毛厚厚的，毛底下的确热乎乎的。

"真的热了。"她说道，将手轻轻抽回来。

他们默默无言地待了好一阵。那女人甚至不得不找个话茬儿打破沉默：

"我们敲过你的门，你当时在哪儿？"

"我在里边。"

"在里边？但你没搭理，这可不是好样儿的。为啥不搭理？"

"唔，因为……"

"那么，你平常就是这样的？要是人家有事相求呢？"

"说的是。不过当时我怕羞。"

"为什么？"

"这，这不好说。我当时怕羞，就这么回事儿。"

那女人打量着庞图尔，见他赤条条地躺在草里，半边身子浸在月光里。

"究竟为什么呢？你看，是我们把你从水潭里拉上来的。要是没有我们呢？……而你，那时待在屋里闭门不出，躲在墙壁里边，动也不动，悄悄偷听我们，万一我们有事相求呢？你是因为我们怕羞吗？"

听到这最后一句话，庞图尔坐起来，就打这儿拉开了话匣子。他将那女人的手拉过来捏在自己手里，大声说着。那女人对他说："轻声点儿。"同时朝一排垂柳下背亮的地方努努嘴。那地方似乎躺着一个人。这一回女人没有把手抽回去。相反，过了一会儿，那只手再也用不着攥，五指已握住庞图尔的手，犹如捏住一只乖乖的狗嘴巴。庞图尔悄声说：

"……其实我比其他人更殷勤……"

那女人的手指捏住庞图尔的手，摩挲着那树皮般的、带有硬结和裂痕的皮肤。那炙手的皮肤！随着话语的变化，有时，庞图尔粗大的食指绕到女人细小的五指上边，将它们掰开，伸进去，挤压着；有时，他的大拇指压着女人手心敏感的部位，仿佛要把它压瘪，挤进去，穿过去；有时，庞图尔五个粗大的指头，将女人的整个小手紧紧攥住。

庞图尔整个身体热烘烘的。那热气简直像是炎热的夏天，带着丰收的累累果实，猛扑到那女人身上。

庞图尔沐浴在月光里，宛如坐在一眼清泉的喷水口下。

他有着发达的肌肉，胳膊上、腰部、厚实的大腿上，一股股突出的肌肉旁边现出一条条阴影。他身上的毛就同黑山羊毛一般。

女人倾听着，听到血液在庞图尔体内低沉地搏动，像一只脚猛烈地一下一下向她踹过来。

她从暗影里抬起左手，去摸那只握着自己右手的强有力的手腕子。那腕子像树疙瘩一般结实。她的左手捏住的是一把暴起的筋，是一把结实的、柔软的、灼烫的肌肉。

　　"……我都不知道该咋说……所有的人都有妻子。人活在世上产生了这种欲望……这种欲望！……"

　　女人向庞图尔挪近一点儿。她不再忸怩，身子前倾，向他挪过去那么一点儿，因为她还不敢一下子挪过去。她手里捏着的是既结实又柔软、既灼烫又坚硬的肌肉，是那只男性的腕子。这腕子使她与这男人难舍难分，有如一条传送带，将这男人的欲望传送给她。

　　庞图尔感到她在向自己挪动过来，手捏得更紧了，粗大的手腕子颤抖着，就势将她往身前一拉。女人滑落在草地上，过来了。

　　庞图尔周身的血管，宛如大地上纵横交错的江河和溪流，开始歌唱起来。那女人将头枕在他胸脯上，听见他的心脏在突突跳动，胸腔的肋骨在嘎嘎作响；那两排肋骨包着他的心脏，恰如繁茂的枝叶托着一个硕大的果子。

　　这时，那女人觉得那只像水一般压在自己肩上的胳膊搂得更紧了，她像一捆干草往那条胳膊里扑倒过去，在草地上仰卧下来。

山窝里起初刮过一股凄厉的风，在树林深处发出如泣如诉的低语，苍穹发出一声叹息。接着，一只猫头鹰尖叫着扑进草丛，而草莽间一只斑鸠鸣唱起来。

"天亮了。"

庞图尔和那女人也没彼此看一眼，就先后这么说。现在，他们的整个躯体平静了，他们的心似丽春花般纯朴。

在那边的几棵杨树下，一台磨刀机停放在静静的草地上。

庞图尔从地上把自己的裤子拎起来，绒布还是湿漉漉的。他将衬衫拧干，往腹下一系，再穿上鞋子。那女人看着他干这些，她知道将要发生什么事情：那是很自然的。

"走，"庞图尔说，"咱们回家。"

女人跟着庞图尔，踏着小径走去。

下　集

一

"这块孬地……"庞图尔一边进屋一边说,"毫无办法……比石头还硬,撂荒的时间太长了……板结得死死的,连刀子都进不去。"

他看着自己那张犁。那是一张小小的穷人家的犁,一张由人弯曲着脊背拉的犁。

"你想拿这玩意儿能干啥?只能划破点儿地皮。"

听到这事儿,阿苏尔大为犯愁。她瞧瞧庞图尔,瞧瞧犁,又望望窗外那个隆起的小山包,说:

"那咋办?"

"咳!这样吧,"庞图尔盘算了一番说,"反正我得上那儿走一趟,去借点儿种子,看看能不能给卡洛利纳找个伴儿。我今天就去,顺便去一趟雅斯曼家找找戈贝尔。戈贝尔有一个造犁的诀窍,我去叫他给我们造一张。他准会乐意的,这是他的爱好。我还得去问问阿穆洛能不能把马借给我们。眼下季节还早呢,他们还没开始耕地,准能成。你等着吧。"

"你要是这就去,"阿苏尔说,"穿件干净点儿的衬衫去。"

屋子里，大面缸摆在窗户下，桌子摆在角落里。那张桌子擦洗得油光透亮，宛如雨后一块四方的磐石。炉灶的台面干干净净，洗碗池的小板儿上搁着三只不同的碗，火墙台子上放着一包火柴。整个家里的摆设布置，都是由那包火柴引起的。

以前，庞图尔是用黑色的火石，对着废麻或树芯子打火的。有时打得着，有时打不着，得有工夫和耐心，他一边打一边连声骂着："真他妈的晦气。"有一天，阿苏尔说："要是有火柴多好。"

那天，庞图尔早早地就爬山越岭出发了，天刚亮就已到达瓦舍尔侧边那条道上，差不多望得见那座钟楼了。他在那儿等到了开往巴隆去的载客马车，把车子拦住，请米歇尔下车，说：

"你下来一下，我有点事儿对你讲。你帮我把这张兔皮卖掉，成吗？"

米歇尔回答：

"成。"

车子里有一个叫索代伦的胖马贩子，叫道：

"把你那张皮子拿过来。"

那人出价六法郎，庞图尔说：

"行啊。"

米歇尔在一旁说：

"不贵。以后你再搞到，给我按这个价留一张，我想做顶帽子。"

庞图尔把六法郎往米歇尔手里一塞，说：

"这六法郎，你替我买火柴。要大盒的。"

"全买了？"

"全买了。傍晚我在这儿等你。"

这样，阿苏尔有了火柴。她满心欢喜，把火柴保存在不易受潮的壁柜里。然后，她叫庞图尔把那个死沉的揉面缸摆好。接着，她又把衣柜翻了个遍，找出几条裤子、几件褂子和衬衫。那是庞图尔的父亲的，自老头子死后就卷了搁在里边。阿苏尔挑了几件好的，又找出几枚针和一团旧线，然后对庞图尔说："去给我把剪刀磨一磨。"她起身走出房间，东西撒得满地，就像晾了一地板桑叶。不过，此时她可顾不上去收拾，事儿急着哩。她掀了一包破布，便往草地上一坐。待庞图尔回来时，一条长裤已补缀得妥妥帖帖，只管穿了，一件褂子也补得差不多了。庞图尔看看那件褂子，上面缝了几颗猎人制服纽扣，是带野兽图案的大皮纽扣。

"你真有办法。"他对妻子说。

阿苏尔还找出几件旧女衬衫，几条六褶裙，几块头巾，为自己缝补起来。她又跑到后边一个平常没人去的房间里，在一个拌桶里找到三条被单。好在那个拌桶是硬实的橡木做的，有两指厚，一点缝儿也没有，不然耗子早就……那三条水一般白净的被单，像麦子一样保存得好好的，平展地放在桶底。嘿！这一下阿苏尔拿定了主意，她早就盼着这个了。她跑出去找庞图尔。庞图尔正在劈柴。

"你晓得不，这会儿该干啥？"阿苏尔问。

"不晓得。"庞图尔答道。

"咳！你听着：我们睡觉的那地方，就是楼下铺草垫子那地方，简直就像个猪窝！我可不大乐意睡在那儿，谁都看得见。"

"谁也看不见，"庞图尔回了一句，"这儿又没外人来，什么人也不会来。"

"是没外人来。不过，"阿苏尔说，"管他有没有人来，反正那地方我不大喜欢。我们该搬到放衣柜的那个房间去，那儿更称心。那里有张散架的木头床，只管重新安装起来就成了，再把草垫子搬去。那会舒适得多。"

于是他们换了卧室。晚上，阿苏尔把罩单一掀开，那卧铺宛似一朵开放的百合花，因为她把三条被单铺上了。

"这，嗬！"庞图尔惊愕不已。

他把裤子连衬衫一脱，说：

"该好好享受享受。"

说着，他轻轻把一条腿伸进被单底下，又把另一条腿伸进去。

"这跟凉沙子一样粗糙。这被单还怪香的哩！阿苏尔，你想盖就快来。来迟了，我把这硬挺挺的新被单儿全盖上了，你就只有盖破烂啦！"

有一次，庞图尔把那棵柏树的枝条砍下一些，抱了一把送到灶膛前，阿苏尔说：

"别搁这儿。柴火嘛，该搁到牲口棚里去。搁在这儿我难得打扫，又扎得腰疼。得了，抱走吧。"庞图尔便抱走了，以后打了柴火再也不直接抱到灶前了。

又有一次，因为夏天已到，阳光很好，阿苏尔叫庞图尔用树枝和泥巴把戈迪萨溪堵上。她拿了一条被单放进水里，四边用石头压住，让它紧贴在溪底。这样就像一个干干净净的大澡盆。她跳进去洗了个澡，用一把皂荚把身子从上到下擦洗一遍。夜里躺在床上，她浑身就像金子一样发光，冲着庞图尔说："别挨我，你一股汗盐臭！"她这话是笑嘻嘻说的，但第二天，庞图尔也跳进溪里洗了个澡。不过，他没用被单。

这样的事儿还多着哩！

过了不久，也不知为什么原因，他们俩都犯起愁来，甚至整个上午憋闷得慌。这从家里的气氛可以感觉得出来。两个人成天忧心忡忡。特别是每次庞图尔出猎归来，把勒死的、像树根一样硬邦邦的野兔，或者把陷阱里打死的鹌鹑往桌子上一摞，家里就充满了郁闷的气氛。

在这种时候，无论是庞图尔还是阿苏尔，都闷着头一声不吭。

有一次，家里正好有兔肉，阿苏尔却光煮了一大锅土豆，盛了几盘。庞图尔看看那几盘土豆，又看看用一块沾满血点和苍蝇的毛巾包着、挂在天花板上的兔肉，然后打量一眼阿苏尔说：

"你知道我在想什么吗？我在想，我们把阁楼上那块铁磨利，安上个结实的把儿，就是一把铁锹，靠莱纳-波克那边山坡上有一块好地，放把火把杂树一烧，什么都可以种。我还想，兴许我能造一张犁……"

"这主意倒不赖。"阿苏尔表示赞同。

"给，这是洗干净的衬衫，这是另做的一条裤子。你要褂子吗？"

"不要，热着呢。我倒是需要一个口袋，因为阿穆洛那儿要是行的话，我得马上把种子捎回来。我们这儿地势高，可以早下种。把卡洛利纳也给我牵来，我去给它找只公羊。"

卡洛利纳一副愁苦的样子，站在明亮的门口，就是不敢从阴暗的羊圈里走出来。它眨巴着眼睛，身子瘦得两肋都凹了下去，肚皮被苍蝇叮得一抖一抖的。

"小乖乖，小乖乖，"庞图尔唤着，用手装作伸给它一把草，"来，出来……"

羊一动不动，固执地背着阳光，仿佛是靠一堵墙站着。

阿苏尔嘴里模仿出亲昵的咩咩声，鼓励它出来。羊出来了，直挺挺地挪动着步子。它目光涣散，犹如一个心事重重的人，走向前来把头抵在女主人腹部，腰贴近女主人的腰，擦来擦去擦了好长时间，直到阿苏尔对它说：

"去吧，乖乖。"

阿苏尔把铁链交给庞图尔。卡洛利纳便跟着上路了。

刚刚过了晌午，天气相当热，尽管天空中飘着秋天最初几朵蒲团般的云彩，给地面投下了阴影。那是海上飘来的云彩，正向中天移动。云飘影随，影似脚印。

山间树林，黄绿斑斓。站在莱纳-波克坡上，略可鸟瞰左近景色。猫谷的整个山窝，宛如一口未刷洗干净、生了锈的铁锅。头顶，云彩舒卷，天空倒颇有生气；坡下，凝滞的空气贴着地面，又热且闷，似潮湿的羊毛，紧裹着山丘林木。

一层薄薄的白雾，滞留在谷底树木上，犹如锅底结了一层奶皮。探身俯瞰，但闻一股正在腐烂的蘑菇和木头气味，蒸腾上来。

一只喜鹊，离开一棵杨树的高枝，拍动灵巧的翅膀一扎，就落进树下深绿的、荫凉的灌木丛间，高枝上随即飘下两片枯黄的树叶。

"卡洛利纳，你玩够了吗？"

羊正挣着铁链，想去探吃左边的一棵牛蒡子。

庞图尔对羊这么说了一句，又奔自己的道儿。

庞图尔这样走着，在山谷口拐过一道弯，踏上沃野边缘，就到了阿穆洛庄上。他牵着羊，走近宅旁梧桐树的荫凉处，突然见到那么些人，心里不胜好奇：这儿，一个矮小的汉子吆喝着一匹矮小的马在耕地；那儿，一个汉子正穿过一片休闲地；再那边，一个人弯着腰在往磨镰刀的石头上浇水；一个女人在井边汲水，另一个女人在往绳子上晾衣服；一个男人像一只猫似的坐在谷仓门口伸懒腰，另一个男人在刮去铁锹上的泥巴……阿穆洛站在家门口的梧桐树下，正举手去取挂在树干上的一把镰刀。他手举到半空停止了，望着牵着羊儿走来的庞图尔。

"啊！今天真悬。这才叫稀罕呢，庞图尔！我还以为你死了呢！"

"我可不想死。"

"啊，今天真悬！"

阿穆洛说着把手臂往庞图尔肩上一搭。

"嘿嘿！是么！"庞图尔说。

"这可不是说开心话，"阿穆洛说，"我真以为你死了呢。阿尔凤西娜，看谁来了，阿尔凤西娜！"

阿尔凤西娜正在晾衣服，透过晾在绳子上的衣服之间的空隙往两个男人这边一看，抖动着她那柔软的、高高的胸脯，忙不迭跑过来，一边撩起裙子擦着双手。

她也是目瞪口呆。

"可不么，不久前大伙儿还这么说过呢。好啊，你们来干一杯吧！"

一见两个男人不拒绝，她便跑进厨房里。在外边听得见她开壁橱的声音。一会儿，她回到门口，把一瓶酒举到眼前一看说：

"不是这瓶，等一等。

"至少得来瓶好点儿的啊。"

终于，好酒拿来了，是一瓶海索草白酒，喝的时候可以掺水，但男人们总是不掺水喝。

"伙计们呐，伙计们！"阿穆洛叫道。

附近三个长工早拿眼角瞟见了那瓶酒，忙跑拢来。

每人一杯酒，大家一块碰杯。阿尔凤西娜想到女人们：

"蒂安纳特，你也来喝点儿，带只杯子来。"

"为你们的健康干杯。"蒂安纳特说。她来迟了，只好一个人轮流与大家碰杯。

"这是庞图尔，"阿穆洛说，"看，正好与你配一对儿，一个美男子。"

"那她就再也使不了坏啦！"克罗多米尔笑着说，蒂安纳特是他的女友。

蒂安纳特脸儿刷地红得像个苹果，低头窃笑，透过睫毛瞟克罗多米尔一眼。克罗多米尔勾起食指，理理自己玉米须般的胡子，斜着眼角打趣地睃女友一眼。

"那么，你这是上哪儿去？"阿穆洛问庞图尔。

"就是这儿。"庞图尔回答。

"噢，好啊。"

"我这趟来，首先是为了它。"庞图尔指指正用嘴在擦着他的腿的卡洛利纳，"你是不是有只公羊，或者晓得谁家有一只？

这羊再也不能这么下去了，这都使它变衰弱了。其次嘛，是为我们……"

"公羊嘛，我那只图尔康一直在。你把这只留下吧，明天我叫艾蒂安纳给你一块儿送去。"

"还有……"

"等一等……"

阿穆洛转脸对克罗多米尔说：

"去把两把大镰刀也磨一磨。"

克罗多米尔识相，起身走了。

"你理解吧，我希望没旁人在场，就咱们俩谈谈。你知道，这些长工从来摸不透，专爱搬弄口舌，把听到的话东一句西一句凑在一块儿，十句话就是十块石头，他们就拿了照你脸上砸过来。现在你说吧。"

"是这样：我还想向你弄点儿麦种，我想种上点儿。不过我没有现钱可付，麦收后还麦子给你。另外嘛，过一段时间你觉得成时，我想借你的马使唤一天。你要是愿意，将来我可以按你的要求付给你报酬，给钱或给粮食。"

阿穆洛考虑了一下说：

"这档子事可以。你要多少麦子？"

"先给我三百公斤吧，要是成的话。"

"成啊。"

"请你叫人明天帮我运到莱纳-波克去，大车可以通到那儿。那头一段路我自己去对付。"

"一言为定，马呢？"

"这由你定，等它得闲时。"

"这样吧，三天后你来牵去。"

"成！你帮了大忙，阿穆洛。"

"你没见到孩子们？"阿尔凤西娜突然跑过来问丈夫。

"刚才还在这儿。"

"蒂安纳特，见孩子们了吗？"

"没有，太太。"

"怎么搞的？"

阿尔凤西娜连忙焦急地把四周望了一遍：附近有水沟、水井和大白天也张着的逮狐狸的陷阱。

"纳诺！纳诺！纳诺！"

"莉莎！"父亲喊道。

四周悄没声儿。在场的三个人都竖起耳朵听着。终于孩子们答应了：

"哎！"

随着这一声"哎"，两个孩子从躲藏的草丛里钻出来。大的男孩让，一只手拉着妹妹艾莉莎，另一只手与妹妹一块儿抬着一个像烛台一样的水仙花萼。

"我碰伤了。"小女孩怕挨耳光，赶忙说。

阿尔凤西娜拿着一个大面包走到两个孩子面前，同时在裙兜里掏着什么东西。

"给。"

小女孩伸出双手，接过三个无花果和两颗核桃。

"给。"

小男孩早伸着一双手，忙接过自己的一份。

"等着。"

母亲用一把与砍柴刀一样大的刀给孩子们切面包。她身子略弯，把面包夹在胸部和腹部之间，轻轻地切着，一点面包屑儿也没掉。

庞图尔盯着那又大又结实的好面包，那庄稼地里种出来的面包，那青石臼里辗出来的面粉做成的面包。从那褐黄的面包心里，有时拉出来一长节麦秸，直溜、闪亮，宛如一丝阳光。

顿时，庞图尔看到了自己行将去干的事业，自己行将重操的旧业，自己来到这儿就已经开始了的事业。他明白了他和阿苏尔近来是在为什么忧虑，明白了平日里像水一样明快的阿苏尔，近来为什么满脸愁云。他明白了，那愁云会消散的，现在已确定无疑。当那一天到来时，在奥比涅纳最后一户人家，他们把热腾腾、沉甸甸的面包，他们俩，不，他们三个——他、阿苏尔和土地——生产出来的面包摆上饭桌时，阿苏尔脸上的愁云就会消散的。

当阿尔凤西娜拿着面包回转身离开时，庞图尔突然一冲动：

"阿尔凤西娜！"

及至阿尔凤西娜拿着面包回转身来，他又立刻感到有点儿羞怯。

"你知道吗？"他说，"我想向你要点儿东西。我没钱可付，但我会报答你的。这面包给我一片吧。并不是我自己要。"他忙补充一句，因为他看到阿尔凤西娜已经把面包伸过来，阿穆洛正要开口说"也拿点儿橄榄去"。于是庞图尔忙补充说："并不是为我自己，我把情况告诉你们吧，反正不久就会传开的，反正不久……好吧，一句话，我那儿有个女人与我一块儿过，这面包会叫她高兴的。"

"全拿去好了。"阿尔凤西娜说。

庞图尔见她全塞给了自己，很是难为情，仿佛嘴里在嚼着难以下咽的东西，眼睛直眨巴。

"我会报答你的。"

"你要叫我们生气就尽管报答好了。"

庞图尔谢绝上餐桌与主人一块儿吃点心，说：

"我还得去一趟雅斯曼家。"

但他请主人立刻给他二十公斤麦种，让他自己捎带回去，今天晚上让阿苏尔开开眼界，叫她明白，事情已开了头，已在进行了。

庞图尔腋下夹着面包，肩上扛着一口袋麦种，又上路了。

瘦高个儿的贝莉娜在篱笆里数着她的一群鸭子。她又瘦又高，像棵柏树。不过，她穿着一件天蓝色的上衣。

这儿的景色已大不相同。土地潮湿而滋润，眼前是芳草萋萋，垂柳依依，果树满园；一棵高大的桦树，清风起处，翻弄着叶子，似浪花一般，旁边还有一眼清泉，一道结实的篱笆，将这一切全围在里边。你不是羡慕滴翠流绿的树和草吗？看吧！

庞图尔走近篱笆叫道：

"喂，贝莉娜！"

贝莉娜转过长长的马脸。

"你还认得我吗？"

"认得。"

贝莉娜没伸手去开门，只顾看着她的鸭子，生怕被人抢去似的。这是不难理解的。

庞图尔说：

"我想见见戈贝尔大伯。"

"他在那边。"

贝莉娜朝房子那边指指，一个字也不愿多说，随手捡起一个大蜗牛，对一只鸭子唤开了。那只鸭子因天气太热，似乎想去草地里游玩哩。

庞图尔来得正凑巧。他停了片刻，便拿定主意向房子走去。

戈贝尔大伯正坐在炉灶边一张靠背椅上，两手扶着一根拐杖，头靠在手上。

一见庞图尔进来，大伯"啊！"一声，想把头抬起来，挣扎了半天才成功。

庞图尔笑容满面地向大伯伸过手去。

"啊！戈贝尔大伯。啊！打分别以后……怎么样，还舒适吗，坐在这壁炉旁边？唉！岁月不饶人，您变化真大啊！"

但是，戈贝尔的双手仍扶在拐杖上，颤抖着。他费了好大劲儿，才把头转过来，抬眼望着庞图尔的双眼说：

"你，握握我的手吧，握这上边。握握吧，这会叫我高兴的。我，已经不行了。"

庞图尔忙把口袋和面包往地上一撂，跨步向前握住那只手。在他的结实有力的大手里，那只手软绵绵的，像一块泡湿的布。

"唉……戈贝尔，不舒坦？怎么搞的？"

戈贝尔两只手软绵绵的，已经瘫痪，两只胳膊也瘫痪了。庞图尔抚摩着那双手和胳膊，那就像散了股儿的绳子。戈贝尔的两只眼里，现出落入陷阱的野兽那种目光。现在挨近了他，庞图尔还闻到一股尿味。

"唉！是的。我落成了这样。"

"这是什么时候落下的？"

"一天早上，我的腰下边突然像散了架儿似的。贝莉娜说：'装蒜，活动一下看。'我活动了，一点儿用也不管，的确是坏了。"

庞图尔一直待在那儿，握着戈贝尔瘫痪的两只手，俯身凝视着老人，似乎想给那两只手注入一点儿力量。

"那么，雅斯曼说什么啦？"

"什么也没说。"

庞图尔不敢相信，这个从来不知疲倦的人，两只手上的力量居然完全消失了，现在他就像一块石头般坐在那儿。还是戈贝尔先镇定下来，说：

"哎，你怎么瞎闯到这儿来啦？"

庞图尔不敢再提来意。但他是那样渴望过要造一张犁，今天一整天他满脑子考虑的就是犁的事儿。

"事情是这样的，我来这儿……我来这儿本来……是想看看您。另外，来之前我对自己说：'叫戈贝尔再干干自己的老本行，兴许他会高兴的。'我不了解情况，您明白。我跑到这儿本来是想对您说：'给我造张犁吧。'可是……"

"哦！当然……"

接着两人沉默了好一阵子，只听见墙上挂钟的"滴答"声。这时，太阳已穿过果园，一道阳光透过玻璃窗，碎洒在一桶水里。

"这话儿可不太像是出自你的口，"戈贝尔开腔说，"你多半是打猎的嘛，也许打把猎刀对你更有用处吧。"

"打猎么，太没保障了，我考虑来考虑去，那只能当副业搞搞，再说那只能弄到点儿肉。我找到了一块地，就是山冈背面那一块，你是知道的。那块地看上去泥土深，又肥沃，我想在上面种些麦子。"

"你怎么恰恰现在起了这念头！这可有点儿怪啊。"

"因为我现在不是光棍儿了，我有了老婆。两口子不能光靠打猎过活呀。自从她到了那儿，我就需要面包，她也需要，所以……"

"这个自然。这是好兆头。"

"啊！怎么啦，戈贝尔，您哭啦？有谁虐待您了？是贝莉娜吗？说呀！要我去告诉雅斯曼吗？说呀！您怎么啦？"

要是戈贝尔两只手能够活动，他早把眼眶里涌出来的几滴眼泪掩饰过去了。但是，他的手扶在拐杖上动弹不得，脸庞也没处藏，头僵在那儿，眼泪汪汪地哭了起来。

庞图尔不敢再吭声。过了一会儿，戈贝尔像孩子似的抽搭着说：

"不，这次不是因为贝莉娜。我实在控制不住了，因为我看到奥比涅纳又要兴旺起来了。想要面包，有了老婆，这都是好兆头。我是看得准的，没错儿。我们那儿又要大大发达起来，又要人丁兴旺了。只是，将来谁去开我那个铁工作坊？"

"啊！这，戈贝尔，这种事儿就不必老人们再去考虑了。如果你是为这个掉眼泪，你知道，旧地板总是要换新地板的。这是天命。唯一值得遗憾的事情是，将来搬去的不管是谁，造犁的手艺怎么也赶不上你。你现在功成身退了，打了一辈子铁，该在儿子家里享享清福了。"

"你现在和从前一样，称呼我'你'了。"

"是的。"

"为什么？"

"不知道。"

"就算你不知道吧。但这说明，你还是理解我为什么哭。如今，我只有坐在这张椅子里的份儿了，像一个草人，连动动指头赶一下苍蝇都不行了。每次家里要做饭或扫地时，我坐在一个地方碍手碍脚的，雅斯曼和贝莉娜一人抬一边，把我连人和椅子抬开，就像抬一件家具一样。唉！初来乍到时，我的份儿，的确是在儿子家里乘乘荫凉，遛遛圈子，逗逗孙子。我常把喜鹊放在花盆下，教它们说话，还经常出门去遛弯儿。那时的确快活。如今报应来了，我悔不该离开我们那村子。"

"……玛迈什呢？"

"一天晚上突然走了，一去就没有音信。"

"是吗？嘿，这也好比老树剪枝，这会儿要再发起来了。"

说到这儿，两人又沉默了好一阵，陷入了沉思。最后，戈贝尔又开了腔：

"庞图尔，这犁，我给你造，或者就算我给你造吧。我希望是我造的犁去打头阵。听我说，你先看看贝莉娜是不是还在园子里。"

"还在那里，在果园里头靠李树那边。"

"好。你拿把笤帚捅捅衣柜底下。有个硬东西是不是？拉出来。"

那是一个犁铧。

这是一个犁铧，一个像菜刀一样亮堂的犁铧，刚韧、锋利，神气地翘着头，两侧弯弯，有如山间走兽的腰，表面光洁得一点儿印痕也没有，就是搁在拳头上，也稳稳当当的。

戈贝尔从牙缝里发出赞叹声：

"好家伙！这个犁铧算得上百里挑一哩！是的，百里挑一。这是最后一个，是我还在奥比涅纳的时候铸的了。拿去吧，放进你袋子里，不然贝莉娜进来，又当是剜了她一块心头肉。

"把它放进袋子里，然后听我告诉你，因为犁铧虽重要，还得有别的。

"你回去后，去村上铁工作坊里。你知道，最后那段时间，我是在楼下作坊隔壁睡觉的，那里有个壁柜，一个大壁柜，你把它打开。

"给，把钥匙带去，在我内衣口袋里。你把钥匙带去，用完后就可以扔掉了，再也没啥用处了。那个壁柜里有一张现成的犁弓，都做停当了，按尺寸绞好了的。也是百里挑一的，正好配得上这个犁铧。你把这个犁铧装上去，用螺钉和螺帽拧紧。壁柜里有一包旧报纸包着的螺钉螺帽。如果是翻你讲的村后那

115

块坡地，那块地很硬，需要把犁弓再绞一绞，但不要太厉害，只稍许绞一绞，刚好绞成咖啡勺的形状。知道了吗？绞之前，你把犁弓放进柏树下那个洞里泡三天。

"只泡三天，不能太长。泡好后搁在大腿上悠着劲儿绞，但绞之前，先把犁铧装上试一试。

"我真不愿意你动它呢，庞图尔。看，多棒的犁铧！"

"放心吧，"庞图尔说，"我不会把一切东西全使坏的。你说螺丝是一张纸包着的？这张犁我会好好保留下来的。

"它是你造的，准能成。如果需要犁得猛一点儿，我会犁猛一点儿，但我不会把它弄坏。我要的是麦子，叫整个舍纳维埃尔冈上全长上麦子，叫奥比涅纳所有的房子全装上麦子，装得满满的，只要那块地能长得出来。"

戈贝尔一动不动地坐在椅子里，两手交叉扶着拐杖，使劲地点点头说：

"它能长得出来的，咱们的土地。相信我吧，它能长出密密实实的麦子。在我那个时候，那是顶呱呱的地。

"一旦有个吃苦耐劳的汉子去耕作它，麦子准靠得住……"

贝莉娜打后门进来，怀里抱只大鸭子。她抚摩着鸭子的羽毛，嘴里唠叨着：

116

"乖乖，我们回来了，乖乖，我们兜了一圈……"

庞图尔赶回家时，天已黑了。门关着，他举拳擂了一下。

"谁啊？"阿苏尔的声音问。

"我。"

阿苏尔开了门。

"我都开始不耐烦了，你知道。"

庞图尔将口袋往桌子上一撂，说：

"看，你看，这一趟可没白跑。还有这个，看看这个。"

他向着灶膛前的亮光，举着那个像菜刀一样亮堂的犁铧。

"啊！"阿苏尔叫道，"真棒，就像一个船头。"

二

庞图尔夫妻双双去搬运麦种。阿穆洛已在莱纳-波克等着，几口袋麦子卸在地上。

"你看，"庞图尔对阿穆洛说，"这是我女人。"

他又对阿苏尔说：

"这一位，是一个朋友。嘿嘿！"

"改天该上我家去一趟啊，"阿穆洛对阿苏尔说，"阿尔凤西娜准会高兴的。"

他说罢赶着空车回去了。

井边共有六袋麦子。

庞图尔拎起一袋扛在肩上。

"我扛回去再转来，你在这儿看着。"

这样一直扛到最后一袋。

庞图尔抓起那一袋往肩上一扛，说：

"今天我们赶得紧，天色还早，这趟打高原上回去吧，我懒得再去上坡下坡了。"

昨夜下了一场暴风雨，刮断了不少树枝，漫坡的落叶下面，伸出许多光秃秃的枝桠。高原上的草也给刮倒了，乱糟糟地向四面八方匍匐着。

"转眼快到冬天了。"阿苏尔说。

她跟在庞图尔后边。两个人沿着高原边缘往前走。上次阿苏尔经过这儿时，心里同时交织着那么强烈的恐惧和炽热的情欲。她回想起那时的情景，觉得是那风儿做了自己的媒人。她的生活是打那之后才开始的，以前的那些年月简直不堪回首。她走着走着又不时地回想起来，真是痛定思痛。每当那往昔的回忆涌上心头时，她都不由得抬眼去看庞图尔。说实在的，现

118

在她终于过上了安生而又充满快乐的日子。

眼前展现着高原和被昨夜的暴风雨刮倒伏的草。

突然，庞图尔停住了脚步，把口袋往地上一撂，张开双臂把阿苏尔拦在身后。

"你在这儿待着。"

他说着向草丛里跨了几步，看着自己脚下。

他若有所思地转身回来，扛上口袋，抓住阿苏尔的胳膊，拉着她向另一个方向的草丛走去。

这天剩下的时间，庞图尔莫名其妙地定不下心来，精神恍惚，手里称着麦种，明显地又在想旁的事情。称了一会儿，他索性把活儿一撂，出门去了。他跑到坡上村子里，用肩头将玛迈什家的门一顶，门板啪的一声倒在地板上，他大步跨进屋里。

他把桌上那条被单一掀。

桌上只剩一堆破布条。这儿鼠虫为伍，那条被单早给报销了。

庞图尔旋即下坡，打屋后的空地跑进家里。趁阿苏尔汲水去了，急匆匆往里走，到卧室里翻腾一阵儿，自言自语地说：

"她搁哪儿去了？"

找来找去实在找不到，庞图尔才走到铺得整整齐齐的床前，伸手将罩单掀开，抽出他和阿苏尔盖的被单，这时阿苏尔已回到下间厨房里，庞图尔忙把被单卷了往腋下一夹，打窗户里跳出去。

他跑到高原上，不一会儿，用被单包了个什么东西扛下来。那小小的一包，似乎是一捆不长的枯枝柴火，因为那里边喀嚓作响；上边还有个圆鼓隆咚的玩意儿，像个水葫芦，搁得不稳当，随时随地都像要掉下来。包着的被单扎了四五个角。

庞图尔走近村里那口废井，用高大的身躯拨开丛生的荆棘，迈上井台。他把包扎紧，同时在里边放了两块大石头，然后探身井口，看一眼里边黑黢黢像生铁般反光的井水。

接着，他将包扑通一声扔下去，一直看着井水把它吞没。

他靠着井台的石栏待了好一会儿，自言自语地大声说：

"这总算是她本来想归宿的地方。"

晚上，庞图尔在灶膛前的石头上坐下来，开口对阿苏尔说：

"这儿有一个女人，她如果能看到咱俩生活在一块儿，肯定会满心欢喜的。"

"谁？"阿苏尔问。

"就是这儿的。村里人都叫她玛迈什。她过去常对我唠叨：'娶个老婆吧，娶一个吧。'她还心切地对我说：'要是你愿意娶，我就去给你找一个来。'于是，她可能真的去找了。"

阿苏尔听了没搭茬儿，只顾拿指头弄着自己噘起的小嘴。

"……她兴许是去找了，结果死在路上。"

接着，庞图尔不得不把事情的来龙去脉和白天从床上抽走被单的事儿，一五一十讲了一遍。

坐在旁边的阿苏尔，挪过来紧偎着丈夫，因为谈起死人的事儿，总不免感到浑身凉飕飕的。听过之后，她陷入了深思。

"你说是在高原上？"

"是的。"

"生前一个黑黑的女人，行动有点儿叫人捉摸不透？"

"是的。"庞图尔惊愕地答道。

"那就对了。我告诉你吧，照这样说，她去找的是我。今年春天我们之所以打奥比涅纳经过，是有个东西吓得我们没敢走大道，把我们引过来的。就是那个女人立在草地里，把我赶到这儿来的。我并不后悔，不过这是千真万确的。"

阿苏尔接着把事情的始末给庞图尔详详细细讲了一遍。庞图尔听了，脸上浮起淡淡的微笑，因为他明白了事物之间的联系。

"这正好。"

接连三天，就好似驾船一样，他们连喘口气儿的工夫也没有，从早到晚手不离活儿。第一天，整天听见庞图尔的声音："阿苏尔，把螺丝刀递给我。""阿苏尔，翻翻箱子里边看。装有这么多工具的箱子，从没见过吧？"

临了，天快黑的时候，他叫道："阿苏尔，快来看呀！"嗬，看！房前鲜嫩的草地里，像一只螳螂般立着的，是一张安装得妥妥帖帖的犁杖。

第二天，夫妻二人去放火烧荒。火烧起来后必须在旁边看着，防止它蔓延。

第三天的白天，第三天的夜里一直到天明，整个儿差不多都是一个真正的农家的各种声响。庞图尔通宵没合眼。

下边的牲口棚里，拴着那匹借来的马，是叫卡洛利纳把位置腾出来给它的。通宵听见那畜生在踏蹭着蹄子，摇动着链子，摩擦着栏杆，甚至像军号一样发出颤抖的嘶鸣，因为那是一匹未阉割的公马，把母山羊的气味当成母马的气味了。

漆黑的卧室里，庞图尔一直眼巴巴望着窗户。黎明姗姗来到窗外，窗子一下子发亮了，一片玫瑰色，这预示着一个大好的晴天。庞图尔连忙翻身爬起。向着里壁装作睡着了的阿苏尔立刻翻过身，说：

"我也去，我要去看。"

"等一会儿。那匹马儿在发情，一见到女人在旁边就不听话。我先去把它套好，你等会儿再上地里去。"

啊！开犁了。

庞图尔手扶犁杖向地那头一丛灌木笔直犁过去。那丛灌木是他有意留下来做记号的。这头一趟是标准犁沟，往后各趟就顺着这条沟犁下去。当这块土地从这头到那头的一棵小雪松前，全部被翻转过来的泥坯覆盖住，宛如一片瓦楞时，那就妥了。驾！

庞图尔又恢复了宰杀野兽的本能，猛地把犁头向泥土里插进去。泥土呻吟一声，翻开了。钢铧划开一大坯黑黝黝直冒油的泥土，但那泥坯哧溜一声又合上了。它挣扎着，仿佛要自卫，扑下来咬住犁铧。人和马儿，从马儿的嚼口到庞图尔的双肩，猛烈地震动了一下。庞图尔连忙看那犁铧，它仍是好好的，只不过是碰上了一块大石头。

"你非得给老子闯过去不可！"庞图尔咬着牙冲犁铧说道。

现在，那船头般的铧刀在平静下来的泥土间航行起来。

"快走，黑蛋儿！使劲儿拉，别赖到天黑。"

泥坯欢快地翻滚着，黑油油闪闪发光。这时，太阳已跃过

123

山冈，冉冉上升；阿苏尔已跨过小溪，正向坡上走来。

三

现在，米歇尔的车子每天上午十点钟在瓦舍尔坡下停车。他找到了一个窍门。究竟是什么窍门，谁也不晓得，反正是十点钟在那儿停车。

"我们要等一等瓦利格拉纳大爷。"

米歇尔吹响了号角。瓦舍尔高耸的教堂爬满了常春藤，车子就在教堂投下的阴影里停下来。这时，瓦利格拉纳像个小伙子，从山道上奔跑下来了。他甚至抄了一条近便的小道，急匆匆地跑着。跑得那样快，他会跌倒的。

"哎！别着急，来得及的，又没火烧屁股！"

"我不愿叫你久等啊。"

"咳，我们在这荫凉地里有什么关系？"

瓦利格拉纳掏出一块干净的手绢，擦着满头大汗。

"你是进里边去，还是坐这儿？"米歇尔指着自己身旁的座位问。

"我坐你旁边，空气新鲜。里边闷得很，我可不怎么喜欢。"

两匹马晃动着项圈上的铃铛，开始沿着逶迤的上坡路，缓缓爬去。正值八月，天气暑热。

米歇尔知道瓦利格拉纳去巴隆干什么，说：

"肯定会有不少人吧。"

"是的。我对老婆子也说过肯定会有不少人，刚巧碰上赶集的日子。

"这事儿是够他们呛。不过，天气这么热，尸体多一天也留不得。那是不行的，已经开始有气味了。我对他们说：

"'你们甚至不要关门停业。'他们家有一道后门，正是做买卖的日子，没有必要把咖啡店关闭。柩车打后门进来，装上就走，前店什么也看不见。你说是吗？"

"嗯！倒也是……恰好是赶集的日子，他们足足可以赚它一百到一百五十法郎。这样的机会不多啊，却要关闭店铺，把顾客赶到别家去，是够讨厌的。再说，他们已经够倒运的了……"

"我也这么说哩。"

"要是他本人还会说话，也许会这么说的：'得了，不用吹吹打打……'说起来，约瑟夫大叔还是个好人。"

车子驶到一个拐弯的地方，山下景色尽收眼底。大地可不同于往年，见不到金黄的麦浪，只有斑驳的一点儿黄颜色，连地面也遮不住。

"咳！这年成真是！"

"你们那儿也一样？"

"是的。我们那儿，往年要打五十担，今年兴许只能打五担，还多是秕糠，花的劳动却等于往年的十倍，更艰苦得多的十倍。可是到头来，你瞧……"

"是的，到处都一样。"

"可不是么，在莱亚纳、弗卡齐埃、马诺斯克等地，大家要种什么印度麦子，那还是从来没种过的。可如今呢，你瞧！"

"又加上那场暴风雨。"

"啊，当然，那次暴风雨影响的面积真广！"

"那可是降了灾！"

"是的，降了灾。"瓦利格拉纳大爷接过米歇尔的话茬儿说。他心里已将历年麦田的情况琢磨透了，这次之所以遭了那么大的灾，是因为赶时髦。所以，他接着说：

"人杂交会生出许多笨蛋，而庄稼，庄稼这玩意要是杂交……

"……我讲给你听听吧：我去过一个地方，什么地方我就不必提了，你会知道我说的是谁。有那么一个懂得庄稼活儿的人，至少那个地方的人是这么说的。他是一位教授。哼，还是政府供俸的呢。他租了一个小小的农庄。那农庄又清洁又整齐，肥沃的、绿油油的田园，一块块横竖笔直，整齐划一，有葡萄、桑葚、一小片草地，还有樱桃……你看多好哇。就这样，我们那位教授在那儿安顿下来了。他就是冲着这个在那儿安顿下来的。他把外衣、内衣一脱，袖子一卷，就干开了。过了一年，那儿却成了一片荒地。一片荒地，我告诉你吧。他真是与所有那些果树过不去……唉，那真叫人难受，樱桃、葡萄、草地，统统都光了。那位教授白费了心血，成天这儿抓一把，那儿撒一撮，把这根枝条嫁接到那棵树上，用小纸袋把葡萄兜起来……是的，他就是这么干的。现在呢？你要是想买那个农庄，他会把它拱手送给你：一切全死光了嘛。这就是那个人，那个成天捧本厚书的植物学家干的事儿。你看到了吧？这庄稼活儿可不是书本上能学到的。"

"你知道的新鲜事儿还真不少啊。"

"不，我想说的是：你刚才提到那次暴风雨，可是，如果大家播的是本地麦种，是习惯了本地土质和气候的麦种，兴许能抗得住的。你知道，暴风雨使小麦倒伏，不错，但也只倒伏一次。不要以为庄稼这玩意儿就不通点理儿。它会说：行，咱

127

得长强壮点儿。渐渐地，那麦秆儿就变硬实了，到头来就算遇上暴风雨，也不会再倒伏。这就叫适应了。但是，你要是非拧着土质去干，听从那些照本宣科的高明的先生指挥：'放点儿这个，加点儿那个；啊！别这样干。'那你可就上当啦！"

"这个，瓦利格拉纳，我同意你的看法。"

"可是你看，大家都上了当。我呢，儿子要那样做，女婿也要那样做。他们对我说：'您要这麦种吗？咱们下这个种吧。'现在，我们只好眼巴巴望着谷仓叫苦。现在，现在，唉！西北风可逮着机会了，刮得所有的空谷仓呜呜响。看吧，要是这至少能当作一次教训……"

山道稍许平坦了些，已望见上头树林的边缘和高原上的枯草了。

"你那匹灰色的马怎么啦？"瓦利格拉纳问。

左边那匹马向着穿过树林的那条山沟，摆动着鬃毛，伸长了脖子，嘶鸣起来。

"嘿！它又来兴头了。让它玩玩吧。你不知道它哪儿来的这股兴头吧？那大概是五月份有一次……你知道，打这儿望得见奥比涅纳那个山包。看，就是那儿。当时正这样上坡呢，这畜生叫起来了。头一次，我没怎么在意，可是第二次，第三次又是这样，每次都在同一个地方，它把头转向同一个方向叫起来。

我心里嘀咕：'那边到底有什么玩意儿？'便抬眼望去。奥比涅纳那儿平常是赭红的一片，就像玉米的颜色，现在却变成了一片绿色，碧绿碧绿的一片。这畜生原来是望见了那个！"

"它也会留心周围的事物。"

"可不么！"

说话间，车子已进入高原，马奔驰起来，迎面刮来了一点不那么热的风。

"看那儿，"米歇尔说，"你看，那儿也跟别处一样。"

他抬起鞭子指着远处一座茅屋。那茅屋掩映在野草之间，四周是几个小草垛，看去像鼹鼠洞前的土堆。

尽管年成不好，夏季大集这一天，巴隆镇还是挤满了人。通向市镇的各条乡村道路上，男人们赶着大车，妇女们拎着大包小包，孩子们穿着节日的盛装，手里紧紧攥着预备去买油煎饼吃的十苏零钱。人们从四乡的各个山坡上络绎而来。恩格尔大道上，只见黑压压的一大片，人车混杂，大车奔驰着，人被裹在飞扬的尘土里；拉洛什那边几条小径上，蚂蚁般步行的人们，肩头扛着口袋，手里牵着山羊；西米亚纳路上，在附近教堂的午祷钟声里，有些人在道旁农舍墙根的杨树荫下歇脚，另一些人则停在磨坊边的岔道口。拉洛什和比埃克两边的人流汇合了，乱纷纷的，犹如山溪里被激流卷着的一捆树枝。人们互相打量着，从眼神到麦口袋只那么互相看一眼，就一切全明白了。

"咳！这年成糟透了，日子咋过呀！"

"这麦粒儿都没啥分量！"

"还少得可怜呢！"

"唉，可不么！"

妇女们想到，市场上边的广场上，有许多卖布、卖衣裙、卖彩带的商贩，她们必须经过商贩们的货摊前，可得克制住自己的欲望啊。现在还在路上，就已经闻到油炸薄饼的香味儿，已经听到管风琴和旋转木马那滴漏般的声音了。这真叫人拉长了脸儿！那阳光灿烂的露天里诱人的节日气氛，仿佛在责怪着前来赶集的人们："谁叫你们今年小麦歉收啊！"

苹果树荫下倾斜的草地上，庄稼人正围坐着吃随身带来的午饭。往年是要下餐馆去吃一顿焖肉的，现在只好节省了。

镇上那家馆子可并没歇业。啊！不，餐厅中央的长条桌旁，已经座无虚席，不得不在旁边靠窗户的地方又摆了一些独脚小圆桌。两位女招待，脸蛋儿涨得通红，红得像熟透的西红柿，在厨房和餐厅之间不断往来穿梭，手臂上滴答着褐色的汤汁。并不是赶集的人们有闲情逸致来朝拜这家餐馆。不，餐馆里的人主要是那些来自平原地区的掮客，是那些来搜刮穷人的大腹便便的商贾。这些人一个个巧舌如簧，是打算来以贱价收购东西的。这里可没有高雅之士。而广场上的菩提树下，小商小贩们和各家百货商号，用帆布扎起一个又一个帐篷，里边的货物真是琳琅满目：帽子啦，拖鞋啦，皮鞋啦，上衣啦，肥大的绒裤啦，孩子们玩的洋娃娃、姑娘们佩的珊瑚项链、家庭主妇用的炊锅和"万用锅盖"，幼儿的小玩具和绒球，未断奶而贪吃的婴儿的奶瓶嘴，等等，都是些实用的东西。收购椴木的商人，手里拿着比米突尺稍短的木制尺子，叫道：

"来吧，我会饶你尺寸的。"

糖果商、甜食和蜜饯商的摊前，紧贴着许多顽童，像苍蝇沾在蜜罐上。还有一些江湖医生，在卖草药和介绍各种疾病及医治方法的小医书。羊市的磅秤旁边，一匹涂得五颜六色的旋转木马，像一只大雄蜂在树荫下旋转着，发出嗡嗡的响声。

在灼人的阳光下，这噪音和喧哗震耳欲聋，使你觉得耳朵里就像灌满了水。阿加唐热咖啡店的铺面大敞着，烟雾、嘈杂声似溪水一般涌流到街上。店里，在几张大理石桌子四周，以香肠下白酒用过午餐的人，正在高谈阔论。他们扯开嗓门嚷着，用拳头擂着桌子，震得空酒杯叮当作响。阿加唐热已精疲力竭，他打大清早一起床，屁股就没沾过板凳，不停地往返于厨房和咖啡室之间，在桌椅间挤来挤去。看，靠里边那位顾客正在叫苦艾酒，这又得下地窖去取。他的衬衣袖子卷到胳膊上，那是件带红花的漂亮衬衫，下身配一条讲究的长裤，只是衬衫的假领子没有别上。那片赛璐珞假领子，上面带两颗铁纽扣，早已准备好了，放在厨房桌子上几只干净的杯子旁边，还有一条做得妥妥帖帖的黑领带，簇新的，刚买来不久，预备等会儿系的。

厨房紧里，朝走廊有一道门，正对着上楼到卧室去的梯子。门敞开着，楼上蜡烛的光洒下来照在门上，仿佛涂了一层油彩。有时，当外间的嘈杂声小些时，阿加唐热走到门口，低声问道：

"诺莉娜，你不要点儿什么吗？"

楼上一个细小的声音回答：

"不要。"

"不要点儿露酒？给你点儿露酒吧。"

"不要。忙你的去吧。"

阿加唐热侍候着顾客，抬头看一眼挂钟，马上要到三点了。

"要四杯上等白酒？好的。"

马上就要到三点了，看，诺莉娜已经到了厨房里。

"棺材的事儿你当然已经考虑好了吧？"诺莉娜问。

她之所以问阿加唐热这个，是因为人还没到。这会儿也许该到了吧。天气这么热，最好是把他装进棺材里。

阿加唐热一只手臂下掖一瓶上等白酒，手里拿个开瓶盖的起子，另一只手端一个放酒杯的托盘。

"是的，婶子，我已对你说过，我考虑到了。可是正遇上这赶集的日子，再说时间还没到，还差一会儿，还不到三点。他对我说过，他三点来入殓，现在还差五分钟。听，敲三点了，他马上就到，你不用担心。"

矮小的老太太看看桌上几只干净杯子、假领子和黑领带，看看满头大汗、油光发亮的阿加唐热，又看看柜台里那个开着的、堆满了五法郎钞票的抽屉……

"不是我担心，而是……气味难闻，你知道……"

这时，有人从外面把门帘一撩，原来是耶雷米，他叫道：

"阿斯特吕克先生，您要小麦吗？"

阿斯特吕克被背后一推，忙转过身，碰得桌子和杯子直摇晃。

"麦子？你哪儿见到有？你这地方连十颗像样的麦粒儿都找不出来。"

"找不找得到十颗像样的麦粒儿，我不知道。不过，我倒千真万确见到六口袋，而且是顶呱呱的！"

耶雷米迈过门槛，抬起长腿跨到桌前。阿斯特吕克盯着他。从那眼神里，耶雷米已看出他的心思。

"给我来支烟吧。"

阿斯特吕克掏出一包香烟。

"我拿您两支。"

"你是说？"

"我说的是在旋转木马后边，就是平常拴骡马的那地方。我走过去，见那儿有个汉子，面前摆着六麻袋东西。他对谁都不搭理，只顾观望着，等候着。我问他：

"'喂，你那里面是什么？'

"'麦子。'他对我说。稀罕的是，果然是麦子！

"您知道，阿斯特吕克先生，我是懂行的，这已经不是头一回了，您是知道的……嘿！我敢肯定，那样的麦子，您从来没见到过。

"给个火。"

"你想喝什么酒？"

"什么酒也不想喝，我喝够了。不过这笔生意要是做成了，您得犒劳我点儿什么。本来我可以去告诉雅克的，但我首先想到的是您。"

阿斯特吕克先生坎肩下腆着个大肚子，上面紧绷着一条怀表链，身子下边两条腿细细的，但他霍地站起来：

"我得去看看。阿加唐热，我去一会儿就回来，你先招呼他们喝啤酒。"

果然有六口袋，远远地就看见了。阿斯特吕克已经数过了，而且看见那儿已有许多人在看那麦子，不过还没有其他掮客。

"让个道儿，让个道儿。"

他头一眼看的就是麦子，顿时眼里就只有麦子了。

"这，嗬！"

那麦粒儿似弹丸般沉甸甸的，一粒粒亮光光、金灿灿，干净得不能再干净，半点儿秕糠都没有，只有麦粒儿，干燥、壮实，似溪里的水一样透亮。阿斯特吕克想伸手去摸摸，体验一下麦粒儿在手指间滑落的感觉。这可不是常见得着的东西。

"别摸。"卖麦子的汉子说。

阿斯特吕克抬眼看一眼汉子。

"别摸。要是想买，可以；要是看看，用眼睛看好了。"

阿斯特吕克当然是想买的，但他不再去摸。他理解汉子的态度，要是他自己是卖家，也会这样的。

"你这是哪儿产的？"

"奥比涅纳。"

135

阿斯特吕克再弯腰看那金黄的麦子。麦粒儿把口袋胀得鼓鼓的，一点儿秫秸茬儿、一点儿灰尘都没有。他二话没说，谁也没说二话，连站在口袋后边的卖家也一声不吭。这还有啥好说的呢，是上等的好麦子，谁都明白。

"这不是机器打的？"

"用这个打的。"汉子回答。

他伸出被连枷磨破一道道口子的大手。手一张开就把痂皮皴裂了，渗出血来。汉子旁边，立着一个个儿不太高的年轻妇女，相当漂亮，皮肤晒得跟红砖的颜色一样。她从上到下瞟一眼汉子，十分得意，对他说：

"把手合上吧，出血了。"

汉子把手合上，冲阿斯特吕克问道：

"怎么样？"

"好。我全买下。就这些？"

"就这些。我还有四口袋，自己留着的。"

"你留着干什么？"

"做面包嘛，真是！"

"搞来吧，我也给你买下。"

"不。我说了，自己留着的。"

"我给你每袋一百一十法郎。"

"不能多给点儿？"旁边一个人插嘴道。

口袋后边的汉子看一眼身旁的女人，眼睛和嘴都笑了，然后向阿斯特吕克转过脸来，笑容早已收敛，表情就跟刚才说"别摸"时一样。

"我不知道你出的价是高还是低，但是我要一百三。"

阿斯特吕克的目光又落在麦子上。

"好，我买了。"

阿斯特吕克不是在说，而是在叫喊，因为木马那边的管风琴又响起来了。

"但是，十口袋我全要。"他又喊叫道。

"不，"汉子也喊叫道，"只有六口袋，没有多的。其余的我得留下，我已对你说了。我女人喜欢好面包。"

这麦子成了一桩轰动全镇的大事。大家都在议论纷纷。首先是阿斯特吕克，他抓了两大把放进衣兜里，到处给这个瞧瞧，给那个看看。

"瞧瞧吧。"他说。

他张开肥厚的手，巴掌里满满地托着金灿灿的麦粒儿。那些麦粒儿又中看又壮实，粒粒赛似珍珠。

"真棒！"人们赞叹说，"特别是在这年头！"

"瞧你说的，哪年头儿也算顶呱呱的，"阿斯特吕克忙补充说，"哪年头儿也算顶呱呱的。这可是上等的好麦子，我是头一回见到。全是连枷打出来的，对着西北风扬出来的。那打麦子的汉子没缺胳膊，他两只手都是血糊糊的。"

人们倾听着，啧啧连声地赞叹着。

"伙计！"

这是耶雷米在叫嚷。

他在整个集市上跑来跑去。

"你看见阿斯特吕克先生买的麦子了吗？"

要是人们说看见了，他便连忙说：

"那是我发现的。他本来一无所获，就要两手空空回去了的，那是我发现的。"

要是对方回答没看见，他就一把揪住人家的肩膀，冲人家嚷道：

"快看看去！那样的麦子，你一辈子也不用想见到！"

这桩事儿轰动了全镇！

一直到下午四点，人们挂在嘴边的就是这条新闻。

"那汉子好像奥比涅纳的人。"

"我想我认得他。"

"你看，这土地也真是！过去，看起来它硬是不养人，弄得那儿的人一个个都走了。可现在呢，你看！"

"阿加唐热认识那个人。"

"我也认得。那儿的人叫他庞图尔，实际姓布里戴纳。我与他还挂点儿表亲哩，是我女人那方面的。"

"不管有人怎么吹，对我们这儿的土质来讲，外来麦种就是赶不上本地麦种。你看……"

阿斯特吕克尽管腆着个大肚子，但他一直把手揣在衣兜里，像只耗子似的满街钻来钻去。

庞图尔仍站在木马后边的菩提树下。那架管风琴像十来只猪娃儿在聒耳乱叫，吵得他像喝多了酒，心头沉甸甸腻味死了。他手里拿着的钱也是沉甸甸的。阿苏尔靠着他，依偎着他，满脸容光焕发，宛如一支红闪闪的大烛焰。

使庞图尔迷醉的美酒原来就是这个，是感觉到妻子满心欢喜地靠在自己身上。旁边没有人，庞图尔伸出一只手拢住妻子的腰，轻轻使劲儿一搂，以便领略一下妻子那柔软的身子，像一捆干草弯曲下来。他另一只手拿着钱。

"你高兴吗？"他问妻子。

"还不高兴，我就太不知足了。"

"真值钱。你说共有多少？"

"七百八。"

"我从没有过这么多钱。"

过了一会儿，他们起身向市场走去。当然喽，还没进人群时，庞图尔一直张开胳膊紧搂着妻子，但快到那些帐篷前时，他把她最后紧搂一下就松开了。夫妻俩一本正经地走着。

他们在吕宾的货摊前停下来。

"这个人买卖公平，你该买两条长裤、一件上衣。"

"你呢？"

"哎！我……"

"你不买，我也不买。"

"我，看情况吧。"

"我也看情况。"

他们走了过去。

两个人差点儿都争执起来了，因为他们到鞋摊和其他所有货摊前，总是这样互相推让。最后，庞图尔从胸前衬衣底下把贴身放好的钱掏出来，一把塞给阿苏尔：

"给。你想买点儿什么就买什么。"

这回解决了。上衣、裤子、鞋全买了，还买了两条纯羊毛的漂亮毯子、一个带金属拉杆的提篮、三大三小六条手绢、一根长绳、一块磨刀石、三把餐刀、一只炊锅加一个万用双耳锅盖。

这些东西买好后，阿苏尔嫣然一笑，抽出一张十法郎的票子，说：

"把这张给我，好吗？"

"全给你。"

"不。就这张我自己要。"

"你尽管拿去。"

阿苏尔笑嘻嘻拿了那张钞票，说：

"你等着，我去买样东西。"

庞图尔站在邮局旁边等着。阿苏尔走出市场，向通往广场的那条街走去。

过一会儿，她跑了回来，手里拿着一个皱纹纸包着的小包。

那是一个崭新的漂亮烟斗，硬木雕的，还有一包烟草。

庞图尔两眼冒出了泪花，都不知说什么好。

"你，你……"他像是在威吓妻子，似乎要说："你，要是我把你抓住……"

阿苏尔乐滋滋的，宛如一只鸽子。

"我早知道你想要这个。看，我还剩十六苏哩。"

一点儿不错，她手里还剩十六苏。

他们本来还要等阿穆洛的。阿穆洛用大车帮他们捎着六条口袋，对他们说过：

"六点钟你们到修大车的地方等我一块儿回去。"

但是，他们对市场的嘈杂声，对那些音乐、叫嚷和鞭炮声，对那些喝酒的人、高声叫卖的商贩和那架手摇的管风琴，实在受够了。

"这儿吵得我脑子里嗡嗡乱响，"庞图尔说，"再待下去我都要疯了。"

"我也一样。"阿苏尔附和说。

实际上，他们渴望回到自己那孤独、安静的环境中去。他们已习惯于那空旷的田园，伴随着他们从从容容地过日子。在那儿，他们俩血肉交融，事先就知道对方想什么；对方还没有开口，就知道他要说什么；对方一句话还在心里反复掂量着怎么说好，就已经明白了。可是在这儿，那些嘈杂声就像刀子在扎着他们。整个儿这一天，他们都感到需要用胳膊、用手互相碰碰，使彼此心里得到一点儿安慰。

"你说该咋办，走好吗？我们马上步行回家得了。"

他们打圣马丁路往家走。这条道近一些。

上路不久，就见到前边一棵大杨树，仿佛在絮絮叨叨与他

142

们攀谈。再往前是索纳利溪，擦着路基潺潺的溪水，伴随着他们的脚步，淙然有声，宛如一条驯服的水蛇。再走一段，晚风徐来，陪伴他们一段路程，然后告别他们，向长满薰衣草的山坡刮过去了，过一会儿又转回来，然后又带着几只蜜蜂刮跑了。风儿这样来了又去了，他们觉得很有趣。

庞图尔背着一只口袋，里边装着买来的全部东西。阿苏尔与丈夫肩并肩，迈着男人的步伐，以便跟上他的脚步，她满脸欢笑。

当他们走出树林，快要钻进奥比涅纳山沟时，夜幕降临了。夜幕降临了，这古老的夜色，他们熟悉、喜爱的夜色，潮乎乎的，犹如一个洗衣妇张开的湿漉漉的双臂。夜色中，尘埃反射出熹微的光辉，天空中映照着一轮明月。

夜风吹动山间野草，几公里以外都听得见。他们到家了。

静谧中，他们融成了一体。

集市刚过三天，正如初秋经常发生的情况一样，鬼天气突然变了！老天爷真是造孽，又是风又是雨，最后降下一场暴风雨。天黑得像口锅，一下子冷得要命。今天四野还笼罩着一层乳白色的浓雾，潮湿得没法出门，一迈出门槛，地上的泥就全都沾在鞋底上。庞图尔在厨房里做螺丝刀把。阿苏尔把衣柜里的东西倒腾出来，跑到阁楼上找出满满一箱子一九〇七年的旧报纸，剪了些花边，裱糊在衣柜板上。

"这倒又能保护衣柜，又美观。"

阿苏尔在楼上卧室里，听得见她来回走动的脚步声，雾凝滞在窗玻璃上，连坡上的村子也望不见。雾中，一只寒鸦在聒噪着，偶尔似一个影子从窗外掠过。除此之外，四野悄没声儿，静得出奇。

庞图尔对着小圆窗里流进来的灰暗的光线，把一段橡树枝刨得溜光，使劲敲进螺丝刀颈圈里。

但突然之间，他仰起鼻子嗅起来，垂着两只手待在那里倾听一会儿，然后悄悄地向门那边转过身子；一边转身一边踮起脚尖挪动步子，小心地不发出任何声响。现在他已到了门背后，伸手操起桌子上那把大猎刀，把刀柄攥得紧紧的。刀柄下的刀刃像一片打湿的菖蒲叶子闪着寒光。庞图尔的头纹丝不动，打量一眼刀刃。行！刀刃已对准了门口。好！庞图尔默默地大口喘着气。

听，门似乎被摩擦了一下。接着又被轻轻推了一下。那是想窥探屋里的动静。这逃不过庞图尔的警觉。因为他一将刀子操在手里，眼睛就死死盯住门上卡在凹槽里的插销。插销微微动了一下，向平的方向移了移，碰得凹槽喀嚓响了一声。庞图尔又看一眼手中的刀，并且朝天花板上望了望，楼上阿苏尔的脚步声停止了，传来的是柔和的小调声，那是一首庞图尔熟悉的小调……好，阿苏尔正在楼上剪纸花哩。来吧，要想上楼，必须从庞图尔身后这架梯子爬上去，而他正攥着刀守护在前边。

尽管进来吧！

门的插销轻轻地抬了起来，一点儿响声也没发出，那动作是很小心的。已经在推门了。从略略被推开的门缝里，已瞥得见外边如烟的白雾。

门推开了，门槛外边立着一个男人。一看到庞图尔，那男人的手僵在门把手上。原来是个老头儿。

"这是布里戴纳家吧？"

"是的。"庞图尔答道。

"你好。"那人说。

"你好。"庞图尔说。

"我是来看看……等一等，我进去不打扰你吗？外头有点儿冷。"

"进来吧，把门推上。"

庞图尔仍攥着刀，盯住来人。那人似乎有些发抖，在打着寒战，把外衣拢得紧紧的。

"屋子里是暖和些。"

"是的，还可以。就你一个人？"

这时那人才猛地发现庞图尔手中的刀。

他"啊！"了一声，忙说：

"对，就我一个人。你没有必要拿着这个，布里戴纳。我来的目的并不是像你想象的那样。我不是你想象的那种人。这，这把刀不错呀。我会识别刀子，我是磨刀的。"

"噢，原来这样。"庞图尔说，胡子底下露出了微笑。他把刀放下了。

"是，是这样。"那人说。

庞图尔叫他在火膛边坐下。不大不小的炭火上正煨着汤。庞图尔侧耳细听，楼上的小调声隐约可闻，只有知情的人才听得出来。这样更好。

那人以审视的目光，慢吞吞地将房间周遭打量了一遍。

右边墙头，一颗钉子上挂着一块女人头巾。火墙台子上，整齐地摆着一溜盒子，大的在前头，小的在后头。窗户的一侧，摆着一张椅子，椅背上搭着几双女人的长袜，椅垫上搁着一团待织的棉线、一个木球和一个针线包。嗯，没错儿。窗户的另一边……嗯，看起来没错儿。

"嗯，是这么回事儿，"那人开腔道，"我打听过，人家说你住在奥比涅纳。我差不多是顺道儿，只绕一个弯就到了这儿，没多走什么路，只多走一点儿。我有件事儿要对你讲。"

"讲吧。"

"你待在这儿没动过窝儿？"

"没有。"

"你常去附近山野里吧？"

"是的。"

那人沉默下来。他要说的话还没考虑成熟。

他慢慢拉开话题：

"有一次，我曾打这儿路过，到过这座房子前面，但一个人也没有。嗯，就是那次，我一路上感到很无聊，也是那次，我把掉进绍西崖水潭里的一个人拉了上来。"

"我知道。"

"你知道？"

"对，那就是我。"

"就是你？"

那人脸上明显地流露出高兴的神色。

"噢！好。"

他这样说着，把身子略侧向一旁，将脸上过于明显的高兴神色掩饰过去。

"哦，那就是你。嗯，好。这样你正好对我谈谈，解释一下。我并不是无缘无故跑到奥比涅纳来的。

"简单讲吧：既然是你，那次我带着一个女人，你知道吗？"

好一阵儿，只听见几滴大雨点敲打在玻璃窗上，因为外边终于又下起雨来了。

庞图尔没回答。

"我当时是带了个女人的。为了让你理解我的来意，我按常情把一切全告诉你吧。那个女人是我收留的。那天，我们是一块儿走的。后来就在那天晚上，她突然像水汽消失了，天亮后无影无踪地化进了空气里。我晓得，你苏醒过来时，天刚刚黑了，你发现自己是一个人，因为你没看见我们。我们睡在柳树底下。于是你走了，这是很自然的。可是她到哪儿去了？我现在还莫明其妙。

"所以，你瞧，我想向你打听一下。我已去山外各个庄子里打听过，就跟现在向你打听一样。你平常打猎或干其他活儿，在外边转悠时，碰巧是不是见到过她？死的也好，活的也好，不管啥情况，反正让我知道她的下落。"

雨点溜在窗子上。

那人紧接着说：

"因为，我告诉你吧，实际情况和真正的原因是这样的：我刚才说了，这个女人是我有一天在索尔特收留的。她并不是一

148

朵鲜花，不，谈不上，而是随处可见的破烂货。我呢，说实话，是个磨刀的，加上已经一大把年纪，再加上我收留她的目的，所以才不挑剔。说到底就是这么回事儿，这女人就是那种'破鞋'。

"另外呢，对于家务事儿——这类女人都一样——她屁大的本事也没有。譬如说吧，我喜欢喝干扁豆烧汤，里边加些土豆、西红柿，再搁几根香菜、一小块油。这并不难烧，可她从没烧成过。她就是这副德行，有点儿像猫，你知道，家家户户串着走，钻进灶前灰堆里取暖打盹儿，可一干起活儿来，咳！成天磨蹭。

"还有，至于感情方面，嗯，这也是大家都看重的一桩事儿。那些感恩戴德的谢谢值不了几个子儿，不过是表明自己有教养。这女人就像木头疙瘩和石头一样。她要什么，你可以给她什么，宠着她，给她这个，给她那个，让她成天过得舒舒服服的，但全都白搭，她就像一块木头，是不懂得感激的，还不如道旁的小草。看，我曾有过一条狗，我还满意一些。"

在那人说着的时候，庞图尔起身走到桌前，拿了烟斗和烟包，然后再回到火膛前坐下，用大拇指满满压上一锅烟丝，现在正用一块火炭在点烟。他是用手指直接从火里抓起一块火炭，对着烟丝，鼓起腮帮子吧嗒着，终于吧嗒出烟来了，再吧嗒几口，烟变浓了，而火炭在他手指间黑了下去。

那人说完后，等庞图尔开口。庞图尔只顾盯住烟锅。

"我把这些全给你讲了，"那人又开口说，"因为这都是一点儿也不假的实情。如果有一句走样的话，我立即不得好死。生活里碰上这种事儿，有时难免上当，因为与这种女人一块儿生活，你心肠越好，就越容易倾家荡产。所以应该摸清底细，不是么？摸清了底细还去上那个当，那就是笨蛋了。不是么？"

庞图尔抽着烟。雨点像鼻涕虫把腹部贴在窗玻璃上。牲口棚那边的檐槽正哗哗往下淌水。那人伸过一只手搭在庞图尔膝盖上。

"伙计，瞧，我的话全说了。这是为你好。我好像在集市上见过你。有人说你知道这个女人的下落，是吗？"

庞图尔将膝盖往后挪一挪，把烟斗从嘴边拿开，说：

"是的，我知道。她就在这儿与我一块儿生活。"

"怎么样？"

"蛮好。"

"听了我刚才讲的这一切之后？"

"是的。"

两个人互相打量起来。那人嘴上浮现出一丝似笑非笑的微笑，就像爬着一条小蛇。庞图尔开腔将它打断了：

"是的，听了你讲的一切之后。因为我不在乎……（庞图尔说到这儿清清嗓子，因为他也有话要说，有许多话要说，也都是一点儿不掺假的实情。清过嗓子，他又觉得没有必要多讲。）你听着吧。"

不过，说了这几个字，他把脸上的笑容一收：

"对我讲这些有什么用呢？我也生着两只眼睛，两只耳朵，两条胳膊，一双好手，我自己会使唤它们，我自己会观察周围的事物，用不着别人来指点，我的事我自己明白。

"首先，要是她真像你说的那么坏，你摆脱了她，应该很高兴嘛。"

"是的。不过，她是我妻子，我养活了她两年。"

庞图尔把烟斗往灶台上一摞，转过椅子，将魁梧的身躯冲着对方，抬起眼睛一眨不眨地直盯着他。他这样待了好一会儿。这时，灰里的火炭嘶嘶响起来，因为雨水顺着烟囱漏进了炉膛里。

"你养活了她？两年！也许是这样吧。可是，伙计，两年中她把自己的生命给了你，你就一点儿也没想到？两年，你想过没有，在这两年间，她觉得自己一切都完了，就是你死后，也没什么奔头了？听着，别光火，咱们在这儿就是要彼此谈谈，就是要面对面把话讲清楚。因为习惯上，我要是攥着什么东西，是不会撒手的，除非有人强迫我撒手。可是要强迫我撒手，得有那么两下子才行。得了。我这些话你考虑过一下没有呢？与你一块儿过日子是没什么好乐呵的。你多大岁数了？不用回答，这看得出来，你听懂我的话了吗？依我看，她并不欠你的。"

那人坐在那儿思考起来。他把自己要说的话掂量一番，觉得它们都是响当当的。

"好啊，"他说，"好啊，她不欠我的，你说了算。至于你说我老了，好，我正要对你谈谈这个。我是老了，不错。我收留她与自己一块儿过的时候，主要考虑的恰恰是这一点。人老了是怎么回事儿你还不知道，但愿你将来会知道。她对于我，有那么点儿伴侣的身份吧。不过实话告诉你，她是给我拉车的。"

那人不再往下说了，把脑袋耷拉下来，举起右手拍拍被皮带勒得酸疼的左肩；那肩膀牵连得腰部也酸疼不堪。

"你买头驴子嘛。"

"买不起啊。"

"好，"庞图尔慢吞吞地说，"我不是损人利己的人，我喜欢当面把话讲清楚。听着，对你说实话吧，我一直等着你来。今天你来了，我们就把这桩事儿解决，以后就了结了。你等等。"

庞图尔说着站起身。他挺立在那儿，与火墙一样高，一伸手拿下一个刻有"胡椒"二字的小盒子，又落了座。

"这样吧，驴钱，我付给你。但你理解我的意思吧，我用一头驴子换你这个女人。你理解我的意思吗？我给你钱去买头驴子，这就了清了。"

他从小盒里抽出一张五十法郎的钞票。

"可以，不过鞍子呢？"那人说，"缰绳和其他东西呢？因为那样的话，我得给车子安上车辕。"

"好，"庞图尔说，"那就算六十法郎吧。给。驴子嘛，三十法郎一头的，你随便可以买到手。"

庞图尔伸过夹在指头间的两张钞票，又说一遍："拿去吧。"因为对方有些犹豫，胡子下两片嘴唇一动一动地在盘算着什么。

"拿去吧。"

那人接过两张钞票数一遍：一，二。正好。他又捏在手里停一会儿，也许还可以讨价还价呢……算了吧。他把钱放进腰包。得了。

"不过你得给我写个条儿。"庞图尔说。

"条儿？什么条儿？这种事使不得。"

"什么事都使得。你写上：'今收到六十法郎。'这么简单几个字就成，你我明白是什么意思。写吧。"

热德米斯掏出一支铅笔，又从小记账本里撕下一张纸，把条写好了。

"在六十下边面道杠儿，"庞图尔说，"以便更醒目。那儿写的什么？那下边？"

"热德米斯，我的名字。"

"好，成了。等一等，我们来喝一口。"

两个人举酒碰杯。

"现在我走了。"热德米斯说。

"嗯，好吧。"庞图尔说。

他一直把热德米斯送到门口。雨已停止。刚才的雨不是很大，雾上边甚至出现了阳光，野草闪闪发光。

热德米斯在门槛上停下来说：

"刚才我讲的那个女人的话，你知道，实说吧，一句真的都没有。"

"我知道。"庞图尔说。

庞图尔让门开着，好目送那人走远。那人看不见了，四周复静下来。一根菩提树枝上的水，滴滴答答落在屋外的一只水桶里。

庞图尔慢步踱回桌前，把那个盒子重新搁在炉台上。

得把那个螺丝刀把安好。

现在屋子安静下来了，又听得见楼上阿苏尔一边整理衣柜，一边哼着小调。

四

今天上午秋耕开始了。第一犁下去，泥土便冒出一股烟雾，好似掀开了地下一炉火。看，现在已有六条长长的垄沟，一条挨着一条，上面蒸发出一层水汽，犹如一堆冒着烟的草木灰。水汽袅袅升到晴朗的空中，一缕缕在阳光里雪也似闪光。这给高原上那些随风昏昏飘荡的大乌鸦送去了信息："那儿有人犁地，有虫子吃。"于是，乌鸦们全飞来了。先是一只接一只，大声聒噪着互相召唤，接着成群地飞了来，好似秋风卷起的大片大片的树叶。它们围绕着庞图尔，在充满水汽的空中翻飞，活像在一只船的四周随波漂浮的一些碎木片。

上午十一点左右，庞图尔停下犁，修理挣断的缰绳。修理完毕，他正抬起头，透过已暖和起来的阳光，望见一个人站在原来马里尤斯·奥伯齐埃那块地里。

庞图尔连忙把刚拿上手的皮带撂下。

那个人是谁？阿苏尔可是一个人待在家里。庞图尔将刹把用力一按，让犁头深深插进地里。这样，他把犁杖固定在地头，固定得牢牢的，马就是再折腾，也不会出问题。临了，庞图尔正想迈步回家去一趟，却看见那人向他这儿下来了。于是他在原地等着，但仍让犁和马固定在那儿，因为一双手需要防备着，眼下还说不准会发生什么事情。

那人径直走过来，头戴一顶小鸭舌帽，灯芯绒的长裤差不多还是新的。远远地就听见他叫唤开了。

来到垄沟边，那人弯下腰，抓起一把泥土，看一看，闻一闻，用手指搓着，让泥土顺指间流下。那人又看一眼沾在手上像油脂般的黄泥，然后在裤子上将手指擦一擦，便向庞图尔走过来。

"怎么样？"那人问道，"好耕吗？"

"不错。"庞图尔答道。

走近了一看，那人略比庞图尔矮一点儿，但背阔腰圆，棱角分明，两个拉惯车的肩膀向前倾着，一双手又粗又大。

"这土质很肥沃嘛，你知道。"

"不赖。"庞图尔说。

"我对你说这个，"那人接着说，"是因为我要来做你的邻居。在巴隆集市上卖了那么多好麦子的，不就是你么？对吗？

看，还是你使我下这个决心的哩。我女人老早就对我唠叨说：
'我们置块地吧，德西雷，那样才能做自己的主人。'她老早就
这样说了，可是我们一直没置成。腰包里没有多少钱啊。平原
上的地，你知道，又都被那些有地的人死死咬住不放。我是在
马纳那边当雇工的。实际上，女人的唠叨，早使我心里活动开
了。你看，这真像有点儿缘分哩！"

庞图尔说：

"等会儿上家里去吃饭吧，不过让我犁完这三趟。"庞图尔
犁那剩下的三趟时，那人一直跟在旁边，低头看着地里，不时
抓起一把冒油的泥土，在手里捻着。

一进到庞图尔家里，那人兴致勃勃地打量着屋子里的每件
东西。屋子里一片清淡而明亮的日光，宛似猫儿身上的毛一般
柔和。日光从门窗里流进来，把一切沐浴在它柔和的光辉里。
灶膛里，火熊熊燃烧，红艳艳的火苗舔着正在煮汤的锅底，锅
里的汤嘶嘶作响。厨房里弥漫着一股浓烈的大葱、胡萝卜和土
豆的味儿。闻到这味儿，就像已经吃到了那汤菜。厨房的桌子
上，一个盘子里盛着三颗紫白相间的大葱头，剥洗得干干净净，
闪着光泽。一个水罐装一罐清亮的水，淡黄的阳光在水面闪
动。石板地面拖洗得一尘不染，泔水沟旁地面的石板裂了一条
宽缝儿，阳光射在里边黑黑的泥土上，隙缝里长出一棵嫩绿的

草，尖上已结出饱满的籽儿（阿苏尔为了好玩，让这棵草生长着，给它起个名儿叫卡特莉娜，平日一边洗碗碟，一边与它说说话）。

客人安详地看着眼前的一切，郑重其事地把每一件东西都把量一遍，思想上转动着一个主意。那主意一经形成，他便对主人说：

"你们在这儿过得不错啊！"

如果说他的主意刚才还没完全打定的话，那么，当吃着阿苏尔做的美味的汤，满嘴香喷喷的，他的主意就完全打定了。那满满的一盆汤，盆边上都溢了出来，接着又是一满盆，里边是整块的蔬菜，像鱼儿一样雪白的葱头，炖得酥酥的土豆和胡萝卜，一大块瘦火腿，还有一块油光闪闪的肥肉，像一块亮晶晶的冰淇淋。另外，还有那奶酪，是在核桃叶子里沤得黄黄的，在小草里捂得香喷喷的。客人现在嚼得更慢了，一方面因为肚子已经装得满满的，另一方面因为他觉得嘴里的舌头，似乎在搅拌着一块连花带草的山冈，已经卷不动了。于是，他的主意完全打定了，而嘴里还在啧啧连声地赞叹着：

"你们在这儿过得不错，过得不错啊！"

一会儿又说：

"这才叫生活啊！"

过一会儿又说：

"多和善的女主人！"

临了，他才说：

"我们肯定要成为邻居，和睦的邻居，只有这儿才找得到的邻居……我会把我的骡子借给你们，我有一架美国播种机，还有呢，你们等着瞧吧，好啦……"

于是该分手了。因为好一阵子，客人已不再说话，肚子里吃餍了美味的汤菜，眼睛赏餍了各种美好的事物，而庞图尔也开始在考虑他的活计了。于是，动身的时候到了。客人握过庞图尔的手，又握握阿苏尔的手指。阿苏尔已在洗碗，两手湿漉漉的。客人一边往外走一边说：

"三天后再见，你们会看到我全家人。我女人也是挺和善的，还有几个顽皮的孩子。你们就会看到的，我有一个男孩、两个小不点儿的女孩。"

需要把这一家子人安顿下来。那天就像一个欢乐的节日。

清晨四点钟左右，天还没亮呢，他们就到了。庞图尔两口子还在睡梦中，新来的两口子就在门口叫开了：

"喂，汉子！"这样叫了好长时间。阿苏尔匆忙下楼，只在衬衫外边套了条裙子，袒露着一对丰满的乳房，一到人前，才慌忙遮住。

德西雷的妻子名叫德尔菲娜，是个矮小、肥胖的妇人，前后都肥胖胖的，一个肥胖的脖子像是猪脂肪做的，一双小眼睛倒显得十分精明，两片厚厚的嘴唇似一个果子。

"来啦，太太。"阿苏尔对德尔菲娜说。

德尔菲娜向停在外边的大车跑了三趟，每一趟怀里抱进一个睡熟的孩子。第一个是最小的玛德莱娜，睡得又香又甜，小脸蛋儿像一朵开放的玫瑰。

第二个是姐姐帕斯卡莉娜，小脑袋有如挂在藤端的一个西葫芦，在后边来回晃动。

第三个是小约瑟夫，差点儿醒了，张开嘴叫道：

"走，驾！畜生。"

但那是说梦话。

他们被安置躺在几个口袋上。阿苏尔为客人们热了酒。黎明来临了，接着天亮了。这时，德西雷已经将骡子卸下，牵进牲口棚里，拴在卡洛利纳旁边。

"最好让娘儿们留在这儿，"庞图尔说，"咱们先去看看，然后再叫她们去。"

他们俩说着就走了。阿苏尔和德尔菲娜很快熟悉起来。那是以她们女人的方式，说说这个，又扯扯那个，什么裙子啦、橄榄蜜饯啦、鞋子的价钱啦，她们自己担负的、不应过多抱怨的种种活儿啦，等等，谈得投机极了。

孩子们睁开睡眼，惊讶不已。阿苏尔给他们三个热了几碗羊奶，颤抖着双手端给他们。

过了一会儿，两个男人回来了，那就像兄弟俩。他们刚才去肥沃的地里转了一圈。晨光宛若一溪金水滚动着。

"德尔菲娜，该去把孩子们和我们俩的床搭起来，再把桌子支起来。那个烟囱还挺好。厨房嘛，这老兄叫我们中午在这儿吃哩。"

"当然在这儿吃。"庞图尔说。

"啊，不啦。太打扰了。"德尔菲娜说。

但阿苏尔坚持说：

"哎，在这儿吃吧，与孩子们在一起，我挺高兴。"

阿苏尔一整天没离开几个孩子。他们的妈妈在上边忙着安顿，她便领他们去地头溜达。小男孩跟他爸爸和庞图尔去了。他们迈着大步在丈量土地。阿苏尔手牵着两个小姑娘，领着她们跑遍了四周。这是今年秋末最晴和的一天，空气澄澈而清冷，但阳光还暖和，天空没有云翳。听得见画眉在刺柏间飞来飞去。一只棕色的野兔惊愕地在灌木丛中停一停，然后拉长身子猛地

161

一窜，贴着地面飞跑了。几只乌鸦在互相聒聒叫唤着。阿苏尔三个想找它们，但看不见，仿佛是寥廓瓦蓝的天空发出的断裂声。在已落叶的荆棘篱笆里，野蔷薇的果子经过夜间的霜冻，又软又甜。

小玛德莱娜对阿苏尔说，野蔷薇果子在马纳叫作"搔屁股的爪子"。

大大小小三个人轰地笑开了。阿苏尔逗趣地说：

"等着，让我给你搔一搔，来！"

她们走到小溪边。杂草乱糟糟地垂在水面，小溪像长满了胡须，在那儿嘟嘟囔囔，因为几场雨使溪水上涨了不少。于是它嘟嘟囔囔，抱怨自己被催肥了。它从来没有称心的时候。夏天，它呻吟着，诉说自己快要死了，然后……所有的小溪都是这样的。

这样，两个小姑娘开始爱上了这个新地方。

密林深处，一只鹬鸟在鸣叫。阿苏尔告诉两个小姑娘，如果去巴斯兰德那片树林里，要把头巾包扎紧，不然会让露水把头打湿的；上高原上去时，听到那呜呜的声音不要害怕，那是风。

除此而外，阿苏尔还给了她们多少抚爱！

黄昏时分，上面传来母亲的叫唤声：

"帕斯卡莉——莉——娜！"

她们便向村子走去。

德尔菲娜把自己的窝儿筑好了。那房子恰好面对着山坡上的耕地。阿苏尔领着孩子们往上走时，看见那屋子里已点亮了灯。

"怎么，今晚上你们不愿与我们一块儿吃了？"

"啊！"德尔菲娜说，"哪能还打扰呢，我们也该适应适应。要是今晚咱俩就厮守在一块儿，整个冬天的夜里就没什么好聊的啦。不啦，房子收拾妥了，我们就待在这儿啦。"

灶膛里生起了火，火苗有一米多高，燃烧的声音叫人听起来心里甜滋滋的。一切都安置得很称心，又干净，又整齐，东西虽不多，但摆设得很好，溜墙的阴影就像是摆的家具。

"晚安。"孩子们向阿苏尔伸过小脸蛋。

阿苏尔独自往坡下走去。上边两个小女孩在叽叽喳喳说话。

那简直像一窝喜鹊。

"是我。"到家门口时，阿苏尔说。

庞图尔已把汤烧好了。

"你又上哪儿去？"

"看看羊。"阿苏尔答道。

她在卡洛利纳肚皮下摸来摸去，在那暖烘烘的羊毛里拍一拍，掏出一只羊羔来，接着她往母羊旁边的干草上一坐，把羊放在膝盖上，抚摩着。今天这一天溜达，使她产生了抚爱孩子的强烈欲望。

五

又是春回大地。

南方的天空像一张嘴豁然舒张开了。湿润、温馨的风一口气刮了好长时间。百草已在种子里萌动。圆圆的大地似成熟的果子开始软和起来。

云像舰队一般解缆起航，又像一支浩浩荡荡的辎重部队，向北挺进。这景象持续了好几天。雨水滋润，复苏的小草拱动，土地日渐松软。突然，透过最后边那些翻滚的云层，终于闪出了浩邈的蓝天。

然而，天空还有一团垃圾般的乌云，飘浮着，缠绕在奥比涅纳的钟楼上不愿离去，仿佛一块破布被挂在溪流中的一块石头上。

人们待在家里，还不敢扛起铁锹和种子袋，去开始春耕春播。人们还不敢，因为随时还可能下雨，头顶上还有那攒涌的云层，早春金色的阳光不时还被闪电划得一抖一抖的。

"只要这风还没起来……"

庞图尔坐在柏树下那块大石头旁边，两只空闲的手搁在膝盖上，吧嗒着烟斗，瞧着烟在烟锅外边似一个有生命的东西舒展开去。烟在空中是成缕的，因为空气还是平静的，风还没起来。

庞图尔倾听着。

没有，风还没来，天空中还听不见它的脚步声。不过，南边异常开朗，风快来了，不是今晚就是明天。

"玛迈什走的那天夜里也是这样的。打那以后……要是她能看到现在的情景。她现在正在看呢，不然就太不公平了。"

德西雷把百叶窗重新髹漆了一遍，又给谷草仓安上新门。德尔菲娜在呼唤两个女儿，荆棘篱笆里立刻传来两个孩子的应声。住宅前边松软的耕地宛如一块地毯。

庞图尔正在考虑问题。这是一个明朗的日子，各种事物都看得很清楚，鲜明地映入眼帘。各种事物的前因后果，该怎么处理，他都看得一清二楚。他看到了该先干什么后干什么。很明显，丁香树下那堆垃圾应该清除，如果不清除掉，而是弄到小樱桃树旁边去，就会长苍蝇，会散发难闻的气味，而且房前也显得不整洁。他懂了，应该压出一片场院，得给那台旧压场机安上一根轴。厨房里火墙台子上还需要一个攒钱的小盒子，即使像刻有"胡椒"两个字儿那么一个小盒子也好。这得预备妥帖，以便将来有机会时买一头好骡子。这是可能办到的。到头来看吧，总不能老靠借牲口过日子。

阿苏尔脚蹬皮面木底鞋，哼着歌儿，正打坡上下来。鞋底的声音和歌声一齐传了过来。听，她正在绕过篱笆。

她正走过来，步履有些艰难，迈步时双肩晃动着，仿佛要使出全身的力气才能抬动两条腿。她身子变沉了，步履变慢了，手里头晃动着一根山楂枝。

庞图尔望着她走过来，望着她踏在新生的草地上，选择还没有雏菊的地方落脚。阿苏尔来到了面前。

"你在那儿晒太阳？"

"啊！"庞图尔答应一声，"我在考虑……"

他以欣喜的目光望着她，望着她那变宽的、沉重的身子，张开双臂叫道：

"站住，等一等，妹子。"

接着他又说：

"过来，让我看看。"

阿苏尔走过来依偎在他身上。庞图尔一把搂住她圆圆的腰，好似把一个坛子抱在怀里。

"好像……你本来没有这么粗嘛……"

庞图尔双手搂着那个圆圆的肉坛子，从上到下打量着。阿苏尔低下那张容光焕发的、像天空一般的脸儿。

"是的，"她说，"现在你晓得了。"

"真的吗？"

"像金子一样实在，已经在动了。那天晚上我感到他踢了我一脚。就在这儿。"

阿苏尔拍拍自己的腰部，又补充说：

"你当时还问过我：'你怎么啦？'我回答你说：'没什么。'"

庞图尔站起来，把手臂搭在妻子肩上。他们这样站着。阿苏尔感到自己肩上，还是压着初遇之夜那只像水一般清爽的胳膊。

"妹子……"

庞图尔心里要说的话太多了，只满足于叫这么一声"妹子"，就呆立不动了。其余的话让它留在火热的心里吧，还是留在心里好。阿苏尔仍紧贴着他的身子，耳语道：

"我真想念呢，手和嘴都痒得慌，恨不得能把他抱在怀里，把他吻遍，爱吻哪儿就吻哪儿。"停了一会儿，她又说：

"我会懂得喂他奶的。我觉得奶头里已经有奶了。"接着，她又说：

"有时，我觉得自己像树皮一样干枯了，全化成了奶水。"

他们默默地待了好长时间，嘴对嘴呼吸着。最后还是阿苏尔如梦初醒似的打破沉默：

"将来，我们娘儿俩在草地里玩儿，我把奶挤在草上逗他笑。"

上边村子里传来呼唤声：

"帕斯卡莉——莉——娜。"

这是德尔菲娜在叫她两个女儿。

"我将来也这么叫。"阿苏尔只这么说了一句。

阿苏尔走了。庞图尔嘱咐说：

"妹子，好生照顾自己，走慢点儿。以后晚上我替你去打水。咱俩日子正过得称心如意，可别把这个果子碰坏了。"

说罢，他迈开山里汉子的阔步。

他迈步走着。

他陶醉在喜悦之中。

有好多支歌儿挤在他的嗓子眼里，就要迸发出来。他咬住嘴唇。这喜悦的滋味，他要细细咀嚼，慢慢品尝它的液汁，就像傍晚时分，羊儿在山冈上咀嚼青草一样。他这样走着，直到心里完全平静下来，直到深沉的寂静像一片草地包围了他。

他来到自己的地边，立在地头，弯腰捧起一把黑油油的、充满空气的、里边有小麦种子的泥土。这泥土凝聚着他的一片赤忱愿望。

他把那泥土捧在手里，就像捧着他一片赤忱愿望，摩挲着。

庞图尔立在地头。猛然之间，他发现自己取得了伟大的胜利。

他的眼前，掠过昔日那片荆棘横生、杂草像刀子一样硬撅撅的荒地。他一下子了解了那片可怕的荒地，那片听凭狂风和种种灾害蹂躏的荒地。没有生活的帮助，是不可能与那种种灾害作斗争的。

庞图尔立在自己的地头，身上那条带直条格的灯芯绒长裤，恰似一片刚翻耕过来的土地。他垂手立着，一动不动。他打赢了，战斗结束了。

他像一根柱子牢牢立在地里。

译后记

　　古今中外许多大作家，其创作道路往往是与历史的进程紧密联系的。让·吉奥诺就是这样一位作家。他经历过两次世界大战，而人类历史上这两次空前规模的战争，对他的文学创作产生了不可磨灭的影响。

　　一九一四年第一次世界大战爆发之前，让·吉奥诺还只是一个对文学有着浓厚兴趣的文学青年，仅仅受维吉尔或柏拉图思想的启发，写过一些短诗和一篇具有中世纪传奇色彩的小说《天使》，而且那些短诗也是在一九二四年才由吕西安·雅克汇集，在《艺人手册》上发表，那本小说则直到他去世十周年的一九八〇年才正式出版。战争爆发后的第二年即一九一五年，吉奥诺便应征入伍，在烽烟连天的战场上出生入死四年多，直到一九一九年战争结束了，才作为二等兵退役。那时，热纳瓦、杜阿梅尔和多热莱斯已经写过一些描写那场战争的重要作品，而二十四岁的吉奥诺还什么也没有发表。然而，这个为生计所迫连中学都没有毕业的青年，注定要走成为作家的这条艰辛而光辉的道路。他从小博览群书，受到荷马、维吉尔以及巴尔扎克、司汤达、莎士比亚、陀思妥耶夫斯基等文学大师的强烈吸引。尤其维吉尔的古代牧歌与他的故乡马诺斯克恬静、美丽的田园风光相融合，是少年吉奥诺主要的精神食粮。因此，当他离开战场，回到可爱的马诺斯克之后，便以他当鞋匠的父亲那手艺人的精湛技巧和他当熨衣女工的母亲的勤勉精神，开始了多少类似古代牧歌的田园小说创作。他获得了成功，他的成名作《山冈》一九二九年发表后，在法国文坛引起了不小的轰动，连纪德那样地道的知识分子和著名作家也情不自禁地欢呼："刚刚诞生了一个写散文诗的维吉尔。"《山冈》这本散文诗式的小说被称为一本"神奇"的书。它通过语言和形象表现了许多神秘的东西，在清新的叙述中既有焦虑又有陶醉，二者交融在一起，把读者迷住了。接着，吉奥诺又连续发表了《一个鲍米涅人》和《再生草》两本小说。这三本小说合称《潘神三部曲》。潘神是古希腊神话中象征大自然的神灵——山林之神。这套三部曲的旨趣，从它的题目和《序幕》所描写的场面，就可以清楚地看出来：人与大自然中的花草树木、飞禽走兽应该和睦相处，才能平静、幸福地生活；草木、土地，甚至石头，都是有血肉、有生命、有灵性的，人如果肆意掠夺、破坏、杀戮它们，必然会遭到惩罚，招致自我毁灭的大灾难。

三十年代的法国，被称为"美好时代"的二十世纪的初期已经过去，人们对工业大城市产生了厌倦情绪，对使人沦为机器奴隶的机械化大生产产生了反感，而对文学上长期流行的心理分析小说也开始腻味。吉奥诺的《潘神三部曲》和随后相继发表的《蓝老让》（1932）、《人世之歌》（1934）、《让我的快乐长存》（1935）、《星之蛇》（1933）等作品，以描写大自然、歌颂山川草木为基调，既有引人入胜的情节，又具有散文诗的风格，给文坛带来了新鲜的气息，令人耳目一新，因而受到广大读者的欢迎。吉奥诺也因此声名鹊起，成为法国知名作家，尽管他一直居住在普罗旺斯偏僻的马诺斯克，与巴黎的文坛并没有多少联系。

然而，如果认为吉奥诺的这些作品仅仅是迎合了时尚，那就没有真正认识到他这个时期的艺术成就。吉奥诺创作生涯的这个时期，后来被评论界称为"抒情时期"，甚至"宇宙抒情时期"。他的"田园小说"并不是一般地描写田园风光，而是把山川草木作为人，作为世间的"居民"来描写，赋予它们生命、灵性和喜怒哀乐的情感，从宇宙万物的生命规律揭示人与大自然的关系，而且把人以及与人一样具有生命的山川、草木、土地等放在整个宇宙空间来加以描写和歌颂。"事实上，吉奥诺作品里的普罗旺斯，与米斯特拉尔、都德、埃卡、阿雷纳和帕尼奥尔笔下的普罗旺斯有着本质的不同。这位诗人小说家的神奇之笔，以极具生动形象的格调和充满魅力的朴素语言，赋予他的故乡普罗旺斯一种远远超出了其本身范围的特质和空间，在这里，天、地、夜风、星辰、草木和人，一齐汇入了宇宙生命的旋涡之中。"① "这是法国文学中无与伦比的现象，也是一个极其宝贵的贡献。"②

那么，历史的进程对于已成为知名作家的吉奥诺有什么影响呢？在已经过去的那场战争中，吉奥诺亲眼看到炮火摧毁了许多城镇和村庄，杀戮了成千上万无辜的平民。在枪林弹雨中，在泥泞的战壕里，他一刻也没有想过军阶的迁升，而是时时渴望和平的生活，渴望返回他的故乡马诺斯克。因此，当战争的硝烟消散之后，他拿起笔开始创作时，没有首先去描写那场腥风血雨的战争，而是描写普罗旺斯的旖旎风光，就是非常自然的。这是一种对和平生活的刻意追求和尽情享受。吉奥诺说："我要寻求的快乐，是椴树或任何其他葱茏的树木所提供的快乐，现行的社会秩序，就是驱使人们从事一无所获的劳动，

---

① 法国《大百科全书》第九卷第 5423 页，拉罗斯图书出版社 1971年版。

② 亨利·弗吕谢尔：《我的朋友让·吉奥诺》，《巴黎文学杂志》1970年第 2 期。

其根本的规律就是造成资本的不均衡。耶稣作过努力，也未能消除这种社会秩序。因此，我们不要呼吁：'雅克，彼埃尔，保尔，努力让我们的快乐长存吧。'而只是简单地说：'让我们的快乐长存吧！'"①寥寥数语，充分表明了他的根本态度。当然他也描写过战争，一九三一年出版的《大羊群》就是一部直接描写战争的小说。黑压压一眼望不到头的一大群羊，从高山上疯狂地向平原奔来，目瞪口呆的人们突然醒悟到："打仗了！"接着，战争的风暴把一批批青年卷向了战场。前线是血肉横飞的无谓牺牲，后方是骨肉亲情的痛苦思念。应该说，这本小说比巴比塞的《火线》和杜阿梅尔的《烈士传》要生动得多，只是吉奥诺标明他的作品描写的是一八四八年那场战争，而不是第一次世界大战。不管是描写田园风光的作品还是描写战争的作品，都表明第一次世界大战在吉奥诺心灵深处产生的影响：渴望和平。

可是，和平持续的时间并不长。从一九三五年起的几年间，当吉奥诺在马诺斯克附近的高原上孔塔杜尔集合起一个团体，与他的四十多个年轻追随者一边切磋文学，一边尽情地享受地上、天上的乐趣和温暖的阳光时，欧洲大陆上再次闪烁着

---

① 让·吉奥诺《套环标的鸟·燕子城》。

钢铁的寒光，一场更加酷烈的战争迫在眉睫。老实讲，这时的吉奥诺对待祖国和对待他自己的第一首诗一样，并不怎么看重，而是迷恋于他的牧场和阳光。根深蒂固的和平主义思想蒙蔽了他的眼睛。他虽然厌恶法西斯，也支持过巴比塞、纪德和阿拉贡等人反法西斯的斗争，但他更厌恶战争，主张用和平的手段反对法西斯，不惜一切代价避免战争，并且真诚地相信战争是可以避免的，一再向他的追随者们宣称"战争绝不会爆发"。他出版了《拒绝服从》一书（1937），并撰写和散发题为《不要打，听我说》的小册子。因此，一九三九年九月十八日，他因"散布失败言论"，在马赛被捕，可能只是由于《法兰西新评论》杂志的朋友们的干预，才很快被释放，回到他的故乡小镇。法国被占领期间，他继续进行小说创作，出版了《两个莽汉》(1942)，同时尝试把《人世之歌》改编拍摄成电影，还写过四个很不成功的剧本，其中《穷途》居然上演了五百场，而《乘马车旅行》在巴黎首演即遭德军检察机关查禁。由于他曾散布的和平言论，对他的敌视情绪没有消除，一九四三年春，《信号》杂志发表了一组有关他的图片报道，让事态更是火上加油。尽管皮埃尔·西特隆在吉奥诺之友协会第十二期简报上发表文章，有力驳斥了加在吉奥诺身上的罪状，一九四四年法国光复时，他还是于八月底再次银铛入狱，并被全国作家协会禁止发表作品。因查无实据，免予起诉，后于一九四五年二月初开释，并重新获得创作的权利。

如果说第一次世界大战的亲身经历促使吉奥诺走上了田园小说的创作道路，那么第二次世界大战则使他蒙受了耻辱。在他的文学创作道路上，这是一个断层。当一九五一年他最重要的作品《屋顶上的轻骑兵》问世时，许多人还以为出现了一位新作家。不过，这段遭遇也促进了吉奥诺的思考和反省，许多东西，诸如生活、文化、政治，包括他过去的作品，都需要重新考虑和认识。他要忘却一段受骗的历史，那就是《真正的财富》（1936）和《让我的快乐长存》那段历史。他劝人们获得那些财富和快乐，其实是一种过分强调了的对个人享乐的追求，一种过于简单化的"哲学"。他不能永远以天真、浪漫的热情，充当一个歌颂过时的维吉尔式的世界的诗人。他必须在对自身进行反省的同时，对世界进行思考。对世界进行思考，对他来讲，就是引进历史，把他那个乡村社会置于其演化过程之中。这就产生了五十年代吉奥诺开始创作的"轻骑兵"系列的历史小说。这些历史小说所描写的只不过是历史上以他的故乡马诺斯克为舞台所发生的轶事。这里远离重大的历史事件发生的中心，这些轶事充其量只是一些重大历史事件的回声。然而，吉奥诺在描写这些历史轶事时，竭力追求客观性，排除浪漫的风格和个人感情抒发，摈弃一切浮艳之词。这样，他便完成了自己的创作风格的转变，而进入了"客观时期"。这种转变首先鲜明地表现在《波兰磨坊》（1952）里，这是一本结构非常严谨、笔调冷静客观而又引人入胜的小说。在这之前出版的《一个没有欢乐的国王》（1947），还保留了一些浪漫主义色彩，也就是说还有某些超出历史记述的感情流露，所以这部小说是一部过渡性的作品。

"轻骑兵"史诗系列使一九四六年以前那个令人喜爱的地方作家吉奥诺，成了在整个法国文坛占有重要地位的作家。在计划创作这个系列的时候，吉奥诺就宣称他要做"巴尔扎克忽略了而没有意识到的事情，做司汤达刻意追求的事情，做福楼拜自以为做成功了的事情"。"如果现在我死去，人们将不会知道我的艺术的伟大之处。迄今我所写的仅仅是农民和大自然。从现在起将产生别的东西了。"[1] 这个史诗系列，他本来计划写成十本小说，但最终只完成了《一个人物之死》（1949）、《屋顶上的轻骑兵》（1951）、《疯狂的幸福》（1957）、《昂热罗》（1958）四本。这几部作品运用巴尔扎克的人物再现的方法，都以昂热罗·巴尔迪这个人物为主人公。以这个名字出现的轻骑兵，经

---

[1] 《七星文库》第四卷第113页。

历了第一帝国和复辟王朝两个历史时期，而并没有受到它们的影响，因为昂热罗并不因为政权的更迭而沉浮，他经受得住一切考验，包括明刀暗枪的搏斗、深夜的埋伏，甚至各种流行病，不怕疲劳、饥饿和干渴，一切都经受得住，只是屈从于美丽的波莉娜的爱情的摆布。为了护送波莉娜，他在《屋顶上的轻骑兵》里，经历了一八三八年发生的那场大霍乱。在作者的笔下，那场时疫不分青红皂白地夺去了男人、妇女、儿童和老人的生命，它吞噬一切，毁灭一切，所到之处谁也不放过，把好人和坏人统统抓在它的魔爪里捏得粉碎。这是一种巧妙的象征手法：霍乱就是战争。而那位勇敢的轻骑兵接触过战争，却从未亲自参加过，他是一个闲逛的士兵，从来没有杀过人而处处救人：这就是吉奥诺心目中理想的军人。归根到底，吉奥诺所坚持和宣扬的，还是他那个善良的和平主义思想。不过，"轻骑兵"史诗系列使他获得了《潘神三部曲》和《人世之歌》未曾给他带来的荣誉：一九五三年他以其全部作品获得摩纳哥文学大奖，一九五四年被选为龚古尔文学院院士，一九六三年又被选入摩纳哥大奖评审委员会。他的作品重新受到广泛的重视和研究。

这里特别值得补充的是：从整体上讲，吉奥诺是一位传统型作家，但在第二阶段，他越来越经常地采用现代派小说的方法和技巧。这种方法和技巧的运用，突出地表现在《坚强的灵魂》（1950）和《挪亚》（1948）两本小说里。《坚强的灵魂》是吉奥诺所写的最紧凑、最难懂的一本书。整个故事发生在一夜之间，但这一夜从时间和空间的概念讲，却充满了极其丰富和不断增加的回忆。所有事件、地点和时间，都被故意打乱了，只是隐隐约约能找到头绪。整部作品就像伦勃朗的一幅油画，运用了明暗对照的手法，明的部分即故事的主线，暗的部分是大量令人意想不到的插叙或对某一细节的发展。读者在阅读过程中，只能跟着连续不断的、具有神秘色彩的细节走，直到读完之后掩卷思考，才看清油画的全貌即整个作品所讲述的故事：泰莱丝与丈夫菲尔曼合谋，企图杀死公证人努曼斯，以获取其地位和财产，但因夫妻双方利害冲突，她反而设下种种圈套，最终杀了丈夫。作者所表现的，是一个小资产阶级女性在利益驱使下所暴露的狡诈、耐心和残忍的本质。《挪亚》则是一部写小说家的小说。在这部作品里，吉奥诺把让·吉奥诺的个人生活，他作为作家的生活，他刚刚完成的《一个没有欢乐的国王》中所有人物应该持续下去的生活，以及他还没来得及描写的他周围许多人物的生活和他在马赛公共汽车里所观察过的几十个乘客的生活，统统糅合在一种淹没了作家现实环境的纷至沓来的幻想之中。这本小说没有获得读者的好感，因为他们什么也没读懂，他们在琢磨题目是什么意思。只有行家们才领会吉奥诺的真意：小说家的心灵像挪亚方舟，囊括着整个世界，因为他的创造力是永无止境的，他的想象虽然是从现实中得到启示，但却以自己独特的方式再现现实。作者本人就是挪亚，他拥有一艘巨大的方舟，那就是他的生活、幸运和心灵，他满怀自豪和喜悦带领我们畅游他的方舟。这本小说是吉奥诺思考和反省的产物，也是他的一种间歇，一种休息。而后，他就开始制订和实施前面提到的"轻骑兵"史诗系列的宏伟计划了。

由于"轻骑兵"史诗系列采用了司汤达作品中的编年体方法以及吉奥诺对司汤达的推崇，许多人都拿吉奥诺与司汤达对比，竭力从吉奥诺的作品中去寻找司汤达的风格，甚至认为吉奥诺风格就是司汤达风格。这未免流于简单化和肤浅。真正深入研究过吉奥诺的评论家得出的是相反的结论："的确，吉奥诺所采取的现代派手法、他对司汤达的钦佩以及他杰出的叙述才能，都促使人们做出这种恭维他的对比。然而，我们越是发现司汤达的作品生硬、简练、准确，就越是觉得吉奥诺的作品柔和、丰富、曲折。他们的作品只是语言很相似，而风格和写作方法则不同。这对他们两人都很好，因为，如果吉奥诺是司汤达再世，那就太遗憾了。他还有其他东西值得我们赞赏。"①

---

① 让·迪迪埃语。引自沃尔弗罗姆：《借历史来赎罪》，《巴黎文学杂志》1970年第2期。